麥本三步喜歡什麼呢？

麦本三歩の好きなもの

住野夜

Yoru Sumino

麥本三步喜歡什麼呢？

【給台灣讀者的作者序】

《麥本三步喜歡什麼呢？》這本書，跟我之前寫的小說是完全不同的類型。首先，本書是一個非常普通的二十幾歲女性的日常生活瑣事短篇集，基本上，並沒有任何情節起伏。沒有大事，沒有什麼人改變了人生，也沒有誰有超能力。只是寫下了麥本三步跟大家一樣，過著平凡的日子，腦子裡胡思亂想的每一天而已。

可能有人覺得這種東西有什麼好看的？期待心動或是刺激的讀者，或許會有些失望也說不定。但我覺得，如果在世界上某個地方，有想結識未曾謀面的朋友的人的話，請一定要閱讀這本書。

三步在大學圖書館工作，可能是離您家最近的大學，也可能是公司附近的校園也未可知。麥本三步住在公寓裡，您可能見過那棟房子，搞不好就是您的鄰居。明天去的咖啡店，麥本三步可能就坐在旁邊。我就是以這樣的設定來寫三步的。

我身為作者，身為未曾謀面的朋友，希望麥本三步能幸福。她比一般人脫線一點，比一般人懵懂一點，比一般人會吃一點，我非常希望這樣的女性能得到幸福。

在此同時，也希望可能就在三步旁邊，懷抱著許多能做到、跟不能做到的事生活下去的您，能夠幸福。

我本來覺得麥本三步不是能寫成故事的人物，不怕人誤解、活在這個世界上的人，幾乎都是這樣的吧！您跟我一定沒辦法成為電影、小說或是漫畫主角的。然而，即便如此，不能成為主角的人生，並不一定就百無聊賴。我想確認一個平凡普通人的人生，也能散發出萬丈光芒，這才寫了《麥本三步喜歡什麼呢？》這本書。

三步的每一天，都是身為作者的我理想的生活。雖然常會犯些小錯，但卻十分坦誠，喜歡許多事物，能夠肯定身為凡人的自己。我一直都想成為這樣的人。

但是，我也覺得大家並不需要跟三步產生共鳴，我覺得您或許也會認為三步有讓人不快，或者完全無法理解的地方；這種時候如果可以的話，您能夠尊重跟您不一樣的三步，我會非常高興。

我期待未來能跟您和三步，成為從未謀面但卻能互相尊重的朋友。

住野夜

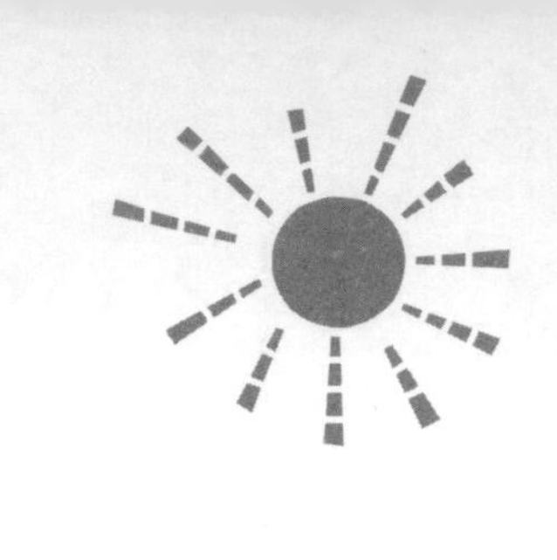

麥本三步喜歡散步

有一個叫做麥本三步的人。

倘若麥本三步的親朋好友，要對完全不認識她的人描述的話，大概會這樣說吧——

成天發楞、吃得太多、冒冒失失、犯傻迷糊。

三步本人卻完全無法贊同周圍人士的意見，雖然自己心裡有數，但卻無法認同，她希望大家能換個說法。

她這個人是很專注的類型，她覺得飯菜很好吃，常常犯些小錯。至於犯傻迷糊，三步一時之間想不出來該換成什麼其他的說法，但反正她堅持都是因為周圍的人喜歡用不好的表現方法就是了。

只不過呢，她也知道自己確實因為冒冒失失，成天發楞又犯傻迷糊，而常常被周圍的人告誡。

接受前輩的訓斥是家常便飯，每天都很難受。今天特別難受，身體上的難受。心情都沈了下去，肯定是真的沈下去了。

三步是女性，像現在這樣走在變暗的街道上，或是靜悄悄的地方時，也會有危機感而提高警覺。

但對於來自公司前輩的手刀攻擊，卻毫無防備。

她晃著手裡提的便利商店塑膠袋，無精打采地走在回家的路上。

明天會不會腫個包呢？她摸著遭受攻擊的地方思忖著。

其實她只是不想讓人家把手放在她頭頂而已，別說什麼腫起來了，連頭髮都沒亂。不過三步充滿了職業摔角手的意識，硬是把自己當成被攻擊的一方想鬧鬧看。**呀**——**被揍啦**——。**暴力事件啊**——。**傷害賠償啊**——。**反對戰爭啊**——。三步在腦袋中進行不知所謂的抗議遊行。

說到底其實是對方不好。她中午端著在休息室廚房裡煮的熱咖啡走過來，沒看見腳邊的紙箱子而被絆到了。更不湊巧的是，上面剛好放著文件之類的東西。

「把杯子放在自己桌上，再倒咖啡！」

三步被前輩用喝咖啡的那些人聽不到的聲音悄悄地斥責，同時腦袋上捱了估計是用多餘精力實體化的一擊。

精力要不要那麼多啊！她一面嘴裡咕咕噥噥，一面打開剛才便利商店買的飯糰。

鮭魚。雖然待會回家之後要做晚飯，但肚子餓了。之所以選鮭魚，是因為她覺得凹下去的腦袋或許可以用蛋白質來填補，估計也可以治療低落的心情。

她選擇的不是那種拉開包裝膜後海苔才包住飯的三角飯糰，而是已經用海苔包好的圓柱形飯糰。雖然她也喜歡香脆的海苔，但黏在米飯上軟軟的海苔她也很喜歡。

一口咬住圓柱形飯糰，濕軟的感觸之後紮實的飯粒口感，鹽漬鮭魚的香味撲鼻而來。嚼個兩三次，嘴裡就充滿了鮭魚飯糰的滋味。

「嗯哼哼哼。」

三步的心情好壞轉變也不過如此而已。

第二口，她不太會吃，海苔都黏到上牙齦了。她努力想用舌頭舔下來，卻很難成功。迫於無奈，只好把手伸進嘴裡想摳下來。

就在剛好摳下來的同時，跟穿著制服的高中男生擦身而過。幸好三步並不覺得丟臉，只感覺到鬆了一口氣和海苔自身的美味。

吃完飯糰後，捱了前輩一掌這件事，在三步的生活中已經沒有任何意義了。三步就有這樣的長處跟短處。

三步的腳步輕快了起來，精神百倍地走回家。

從車站回家要沿著國道和住宅區走二十分鐘。今天她也穿著上班用的紐巴倫[1]，一步一步地往前走。三步喜歡的、有一個大大的N字的品牌。

三步喜歡走路這件事。

1　紐巴倫（New Balance，NB），是一家美國的體育用品製造商，以生產體育用品為主的大型跨國公司。

現在雖然是下班回家必須走路，但三步平常也喜歡在自家附近閒晃。晃晃逛逛，晃晃逛逛。

從性別看來，這種舉動確實讓人起疑。事實上，她也曾經因為多次走過同一戶人家門口，而被在院子裡玩耍的小朋友瞪視。當然被瞪一眼她就慌忙閃人了，要是人家爸媽出來，她不認為自己能解釋得清楚。

至於自己為什麼喜歡走路呢？三步覺得只是因為邁步向前而已。雖然這是個毫無目標又很蠢的理由，但三步卻真的這麼認為，甚至覺得連毫無目標也是非常重要的一件事。

曾經有個不知道哪裡的什麼人這麼說過：**就是因為能毫無目標地散步，這個人才有價值**。雖然不太明白是什麼意思，但三步很喜歡這句話。

從某個方面來說，自己也是毫無目標地做著三步這個無可取代的人，所以只要想到這句話，三步就會在心中暗自得意。之所以只在心中得意，是因為她曾經試圖跟朋友說過，對方卻「哇！」地驚呼出聲，倒彈三尺。那時她就發現，自己的想法不是什麼都可以隨便跟別人說的。

總而言之，三步覺得輕鬆而毫無目標是非常重要的事。但毫無目標並不等於不重要，毫無目標也不是用來彰顯目標的重要性。就是因為毫無目標是日常，所以有目標的日子才有意義嗎？並不是這樣的。

毫無目標的日子，跟有目標的瞬間同樣重要，這才是最好的。她漫不經心地這麼認為。

對，所以為公司拼命打拼的前輩，跟被大部分人視為拖後腿的自己，都是同樣重要。這才是最好的，不是嗎？三步如此自我肯定。

今天，三步可能也會毫無目標地隨便繞路亂走才回家也說不定，可能會毫無目標地試著用筷子吃咖哩也說不定，泡澡時毫無目標地從手腕先下水，毫無目標地看著只有跑馬燈文字的網路短片，毫無目標地把腳朝著床頭睡覺也說不定。

就這樣，三步的日常都無比愉快，今天也充滿了她喜歡的事物。

麥本三步喜歡圖書館

麥本三步上了十七年的學校。

小學、中學、高中、大學，然後大學畢業了，三步仍舊繼續去學校，但並不是當了研究生。

她因為現在仍舊每天去學校，而時常被朋友取笑說：「這麼喜歡唸書嗎？」

然而，她並不喜歡唸書。雖然不喜歡，但唸書卻是她唯一的特長，實在有點悲哀，但現在這就暫且不表了。

三步的工作場所位於大學院校中，某棟巍然聳立的建築物裡。

她在大學的圖書館工作。被罵，偶爾被誇獎，然後又被罵地過著每一天。三步當然討厭被罵，但基本上圖書館的工作她是喜歡的。

她因為喜歡看書，大學時就取得圖書管理的資格。跟書有關的職業，除了圖書館員之外，還有出版社職員跟書店店員等。但三步之所以選擇了圖書館員，是因為那個地方的氣味。

三步是那種從小就泡在圖書館裡的人。她喜歡書，同時也喜歡門打開的瞬間，感受到那種從過去到未來，超越海天時空般的圖書館的氣息。長大成人之後，知道那是因為圖書館收藏著非常古老的書籍、紙墨，以及書店所沒有的累積塵埃形成的特別氣味時，也並不覺得失望。

三步進入大學圖書館雖然是緣分，但很可能是受到充滿歷史和塵埃的圖書館吸引也未可知。

能在喜歡的氛圍中工作，所以很幸福。

雖然如此，但工作就是工作，不可能輕易蒙混過關的。

今天上午她犯了錯，而且錯誤還嚴重到讓指揮總共十三名工作人員、被大家稱之為老大、戴著眼鏡溫文儒雅的男性怒斥的程度。

平常中午休息時間開始前十分鐘就興高采烈的三步，也抿緊了嘴唇，皺起眉頭。這並非沮喪的演技，三步沒有這麼高明的技巧，她只不過是體會到了社會的嚴峻現實而已。

三步就這樣皺著眉頭進入後面的休息室，已經在午休正準備打開便當的溫和前輩看見她的臉，噗嗤一聲笑出來。

「怎麼啦，三步。」

「……我覺得工作啊，真是太『西苦』啦！」

她還咬到舌頭，溫和的前輩又笑了。

「三步的問題不在工作這方面吧！」

負責指導三步的可怕前輩，跟在她後面也進入休息室，走過她身邊時無奈地說道。

三步轉過身，可怕前輩已經不在那裡了，因為前輩解下圍裙，走進了更衣室。

三步鬆了一口氣，回過頭來。

「妳在幹什麼？」

溫和的前輩吃吃笑著問道，那溫和的笑容像是在吸引她回答。三步一面想著一定有男人連內臟都被這個笑容吸引出來而死去，一面對這個前輩放鬆了警戒。

三步在午休用的桌前坐下，突然想起遺忘的東西，跟前輩說明要去拿便當後，便走進了旁邊的更衣室。這時，她和可怕的前輩擦身而過。

不用在狹小的空間兩人獨處讓她鬆了一口氣，搞不好真的會被人用手把內臟拉出來也說不定呢！

她把便當從背包裡拿出來，回到休息室。溫和的前輩仍舊掛著笑容，可怕的前輩則板著一張臉。

這兩位當班時段和三步重疊的女士總是這個樣子，最近午休的時候她們的話題常常圍繞著三步展開。總體來說，這是一件令人高興的事，但內容就另當別論了。

兩位前輩並排坐著。三步若在最近的位子上坐下的話，就會直接面對可怕前輩的。如果可能的話，她想走到可以直視溫和前輩的位子。

但要是說誰有膽量的話，三步果然沒有能耀武揚威地公然躲避前輩的膽子，只好乖乖地在可怕前輩的對面坐下。

「三步，妳害教授摔倒了嗎？」

溫和的前輩彷彿忍不住似的問道。

三步特意曖昧地「嗯」了一聲，好像不覺得需要肯定這種沒有必要的事情一樣。

「就算妳有急事，也要注意周圍。還有，不要做些莫名其妙的動作。」

「莫名其妙的動作！」

溫和的前輩像是不讓外面聽見般，用手拍了一下桌子克制地笑起來。

三步雖然很高興她沒有爆笑出聲，但可怕的前輩說的話並非她本意。

她才沒有做什麼莫名其妙的動作。只不過是蹲著工作的時候有人叫她，而她想盡快趕到需要幫助的人身邊，就像在起跑線前準備的姿勢那樣衝了出去而已，又很剛好的她往後伸的那條腿，不小心絆到路過的大學教授，把人絆倒了。這不是什麼嚴重的大事，雖然眼鏡掉了，但地上鋪了地毯呢。

「絆倒了大學教授……是不太好啦………」

三步姑且露出反省的神情說道。

「絆倒誰都不行吧！」

可怕的前輩立刻理所當然似的吐槽道。

三步心想，**要是絆到的是運動系的學生，應該可以迅速反應順勢倒地吧！**但她並沒有說出口，因為害怕。

「哎，三步就是這樣啊——」

溫和的前輩如此維護三步說道，雖然聽起來有點不太對勁。即便如此，可怕的前輩也並不買帳。

三步把頭垂得比平常更低，盡量收斂低調地把便當打開。她的午餐通常都是一半自己做便當，另一半吃便利商店或是學校食堂。前一天心想做便當吧，和前一天或當天早上覺得麻煩死了不做了的機率也大約是一半一半。

三步覺得一星期有一半的日子自己做便當，簡直太偉大了，然而卻沒有任何人誇獎她。畢竟每天做著為了過日子理所當然該做的事情，基本上是沒人誇獎的。那至少便當裡都是喜愛的食物，也算是誇獎自己啦。

今日菜單是兩層便當，上層有冷凍漢堡玉子燒、涼拌菠菜等便利商店買的熟食，下層則塞滿了白飯、白飯、白飯。

她打開偷偷帶來配飯的香鬆小袋子，灑在白飯上。

「三步啊，」

一個聲音突然在她頭上響起。

「哎，咦！」

她不由得發出奇怪的聲音，一抬頭，看見可怕的前輩打開便利店的沙拉。

「要番茄嗎？」

「咬，要的。」

她又咬到舌頭了。

可怕的前輩把免洗筷拉開，夾起番茄遞給三步。她討厭番茄這點還挺可愛的。

這該怎麼接過呢？用筷子不行。以前直接張開嘴吃下去，被斥責沒有禮貌。難得的生番茄她又不樂意跟其他味道混在一起。沒辦法，只好伸出雙手併攏在一起。

前輩轉頭噗地笑出聲來，然後把番茄放在沙拉盒的蓋子上。

三步自己怎麼想是一回事，至少對前輩們來說，她是個像吉祥物一般的存在。

跟前輩一起又開心又丟臉又可怕的午餐時光，很快就結束了，剩下的一點時間看看書什麼的，立刻就又要開始工作。

又要工作了啊！她像個社會人一樣，邊想著邊走到圖書館的櫃臺後方。

跟她輪班去午休的女士，三步私下稱她為古怪的前輩（當然只在心裡這麼叫啦）走了過來。

「三——步，書累積好多了，快點歸架吧。然後，找這本書的任務也交給妳啦，乖乖。」

古怪的前輩把寫著書名和作者名的便條紙交給三步，捏了三步的鼻頭兩次，就去午休了。

三步過日子的方式，一向都跟別人保持一定的距離感，但這位不知道在想什麼的女士的距離感讓她困惑。她不明所以地摸了摸自己的鼻子，跟櫃臺後面的同事交代她要去把書上架。

「不要再絆倒別人啦！」

老大半開玩笑地告誡她，在場的人全都壓低聲音笑起來。

三步推著堆滿了書籍的小車，逃跑般地離開現場。

上架這個詞，三步是在大學念圖書管理課程時學到的。簡單說來，就是將圖書館新進的書籍和借閱歸還的書擺放在相應的書架上，這就是上架。

三步很喜歡這個工作。能在圖書館裡走來走去，不用被前輩們監視，也不用應付到櫃臺找事的圖書館利用者。雖然她有這種不正經的心思，但也有積極的一面，因為這是讓書籍平安到家的工作。

其實圖書館有很多失蹤書籍，其中有些一直找不到，不得不把書籍登記資料銷毀。那個時候，三步就會想像迷路的孩子找不到家，覺得胸口發緊冰涼起來。

因此，當她看見書籍上架回到自己歸屬的位置時，就會覺得安心又愉快。甚至想跟書籍說：**歡迎回來**。她以前曾經這麼說過，結果被圖書館的讀者用害怕的眼神望著她，在那之後她就決定不這麼做了。

她推著裝書的小車搭乘電梯到四樓，這裡收藏的是字典之類的大型書籍，而且書幾乎都是不能外借的，也很少需要上架。但今天有一本新入的百科全書。

四樓的讀者也很少，這層樓的寧靜，讓三步有種忙中偷閒的感覺。只不過在書架之間深呼吸的時候，她曾經被灰塵嗆到過，所以必須小心。咳咳。

在擺放重得讓人覺得是不是可以拿來做重量訓練的百科全書架子上，她設法騰出一個位子，把新書放上去。其他的書似乎也因為有新夥伴加入，而顯得十分開心。

接下來，她推著小車搭電梯下到三樓。古怪的前輩給她的便條紙上，寫著用數字和英文字母組成的書本編號。９００號書架上的小說，應該是在三樓沒錯。

失蹤的書也是有立刻就可以找到的時候，通常都是書號看錯了，或是其他讀者隨手亂放。雖然有點麻煩，但如果是這樣走失的話，還算是好解決的。

三樓人還挺多的，從常客到第一次來的讀者都有。**拜託了，不要有人惹事啊！**三步心裡七上八下地走進書架與書架之間的空間。

雖然有人惹事很討厭，但以她的立場必須去告誡制止別人，這才更加討厭。特別討厭的是，在外頭是不是常識不太清楚，但在圖書館絕對是常識的舉止。比方說，喝寶特瓶飲料之類的。乾脆像是之前曾經遇到一次，某個堂而皇之在圖書館裡吃泡麵的家伙，她就可以理直氣壯地上前阻止，最後請來可怕的前輩一招擊敗對方那樣就好了。

三步一面思忖著把來圖書館的讀者當成蟑螂一樣有點不太好，一面把三樓的書仔細地歸還原位。全部放回去之後，三步把推車推到角落，然後去找前輩要她找的那本書。

圖書館的書架側面上都記載著該區的書籍編號，所以馬上可以知道大概在哪裡。她一面小聲叨念著在這裡在這裡，一面轉過彎，突然間一個染了頭髮的女孩子正蹲她面前的地上。

起先三步擔心她是不是身體不舒服，但看見她用食指拂過書本，心想，**應該是在找書吧**！這才安心下來。

三步站在跟這個女孩看向同一個書架的走道上，不知怎地，她知道染髮女孩瞥了自己一眼。跟人家視線相交太尷尬了，三步便開始找自己要的書。

雖然如此——

「姐姐。」

三步拼命忍著不「哇啊」地叫出聲來，試著把能量轉化成蹦起來的動作，避免了圖書館最大的忌諱——尖聲大叫。

三步瞬間嚇出一身汗，往旁邊一看，剛才那個染髮女孩就站在她面前。這次三步忍不住發出了「呀」的悲鳴，叫都叫了還掩住嘴並沒有意義，但她還是把嘴遮起來。女孩露出吃驚的樣子，壓低聲音笑了。

三步心想，**分明是對方先來搭話的**。便把自己多餘的叫聲怪在別人頭上。

「不用這麼驚訝吧！」

「是是是……是妳突然先跟我說話的。」

「但是圖書館不是不能大聲叫出來的嗎？跟姐姐剛才一樣。」

「我……我忍住了啊！」

三步搶著她的話辯解道。

兩人窸窸窣窣地跟小鳥一樣小聲爭論著。

「那麼，您有什麼事嗎？」

三步端正了自己的態度，就算被對方嚇到還被取笑，再怎麼樣都是圖書館的客人，一定要以禮相待。這點她還是知道的。

「啊，我在找一本書。」

「原來如此。請問是什麼書呢？」

「哎，嗯，這本。」

三步望向對方遞過來的手機畫面，上面顯示的是亞馬遜書店的畫面。

嗯？嗯嗯？這本啊。

三步再度確認了一下手上的便條紙，後退一步對染髮女孩低下頭。之所以後退是避免撞到人家，因為大概在一個月前，她曾經這樣撞到別人而被責罵過，所以有了警覺。

「對不起，這本書現在是失蹤書籍，就是下落不『民』的意思。」

她分明有留意沒再度犯錯，卻又咬到了舌頭。

要被取笑了。她望向染髮女孩的臉，然而女孩沒有笑，反而露出非常遺憾的表情。

三步因為自己誤會人家不懷好意，心中浮現了罪惡感。

「對，對不起。那，那個，我會努力找的。」

「真是的，你們是專門管理書本的，但是書還會搞丟呢！」

「嗚——」

諷刺像刀子一樣刺了過來，三步不由得「哼」出聲。**真……真會說話啊**！她想反駁那個女孩，但對方又露出三步料想不到的表情。

「姐姐，妳還好嗎？」

女孩一臉無辜驚訝地睜大眼睛問道。

「啊，嗯，沒事，就是刀子有點……」

「刀子？」

「啊，沒什麼。」

啊，喔，原來如此啊！是這樣啊！不是故意要諷刺人，而是沒心機地隨口說出自己的感想，偶爾就會傷到別人的那種類型啊！有點難應付呢。三步臉上掛著這樣的表情，再度調整了心態，表明自己完全沒事，以姐姐的身分做了應該做的解釋。

「失蹤的書籍，也有很多很『拖』——原因咧。」

不行了，被刺傷的地方隱隱作痛。

「最常見的情況，就是使用者看完書之後沒有歸還原位。不過如果是這樣的話，那拼命找一下還是能夠找回來的。」

「也有找不回來嗎？」

「哎，是的。有時候出借歸還的環節出了差錯之類的，偶爾是會的。」

「喔──，這樣不行吧！」

「呃──」

又挨了一刀。就算知道自己不行，但被人當面指責不行的時候，即便是三步也會受傷的。**重傷啊，請準備擔架吧**！

「這樣啊，真可惜。我以為可以讀到稀有書呢。」

「……對不起，要不要我替您從別的圖書館調書呢？」

「啊，也不必那麼麻煩啦！」

「這，這樣啊！」

三步不假思索地又忘了使用敬語，但染髮女孩似乎並不特別介意。

三步試著表現出自己有好好使用敬語的樣子，或是因為對方可能年紀比較小就不小心沒使用敬語的小姐姐架式。然而對方立刻說：「**為，為什麼露出好像很得意的樣子？**」她立刻捨棄了後者轉回前者。才兩個選項就選錯了。

三步曾經聽說過，能用二十個字以內總結的小說就是好小說。於是她思索著描述關於那本書的二十個字——**主人公為了變回原形努力奔走的經過（真實故事）**。剛好二十個字。奇怪，使用記號不就好了嗎！

不用特別從別處調書來。意思就是，就算找到了也用不著特別通知她吧。

「我們會努力找的。找到的話，下次您來的時候會告訴您。」

三步覺得這樣說的話距離感剛剛好。

然而，對方卻噘起嘴來。

「唔——，可是我很少來圖書館吔。」

「喔，這樣啊，那，那就，有緣再見吧。」

這就告辭了。三步讓自己的腦袋充滿了這種感覺，朝對方點點頭，繼續上架的工作。

女孩既然沒有找到，就表示那本書不在這排書架上。更重要的是，再繼續跟她扯下去，只會拖延上架的工作，三步害怕會被可怕的前輩責罵。

但是通常三步的如意算盤都是打不成的。

「姐姐。」

三步話才說完轉過身去，女孩就叫住她。她在反射動作下回身，扭到了腰。**好痛！**

「嗚！」

三步發出了奇怪的聲音，但染髮女孩沒笑她也沒吐槽她。被笑的話，心情會很複雜沒錯；但什麼反應都沒有，也讓人覺得有點悲哀。**真是個任性的大人啊，三步。**

「嗯，什麼事啊？」

「圖書館，有意思嗎？」

她看見染髮女孩露出跟剛才不一樣的複雜表情，一瞬間看起來像是嫉妒。但三步到現在仍舊不明白遭人嫉妒是什麼意思，所以她的感知很可能有誤差。

這並不是一個可以明確答覆的問題，三步仍舊選擇正視對方。

「雖然我也不太明白，但圖書館的氣味很好聞。」

她老實說出自己的感受。雖然三步說了實話，但染髮女孩不知道是不是不滿意她的回答，把頭傾向一邊，朝三步走過來。

哇，不良少女要行使暴力啦！三步腦子裡出現完全不像大人的想法，下意識用手臂掩住臉和肚子，然而染髮女孩卻一言不發地從她身邊走過。

把來圖書館的客人當成了霸凌者，讓三步心裡浮現了罪惡感。

「妳很，很好聞吔！」

三步望著離開的女孩喃喃道，依依不捨地嗅著應該是女孩留下的香水味，重拾上架的工作。

「啊，那個染頭髮的女孩子，我上樓的時候也碰到過喔！」

「咦？」

三步聽到溫和前輩和古怪前輩對話的時候，雙手正抱著書，雙唇間夾著圖書館的公告。

「嗯——嗯——」

她從鼻子和喉嚨間發出不算是應答的回應聲。

古怪的前輩注意到三步莫名其妙的鼻音，便捏住她的鼻子讓她透不過氣來，不得不張開嘴，古怪的前輩笑了起來。

當然，她們兩個人都被可怕的前輩教訓了，然而只有三步腦袋上挨了一掌，她分明沒做任何壞事的說。

要去的話妳們兩個去啊！不要因為比我資深就隨便揣測別人嘛！她到地下書庫把事情做完，一面嘴裡嘟嘟噥噥，一面誇張地撫摸腦袋回到崗位上。

她決定問一下閃躲過攻擊的古怪前輩，剛才的對話是怎麼回事？

原來那個找不到書的染髮女孩雖然已經問了三步，但剛才溫和的前輩上樓時，那個女孩還在呢。

原來如此，這完全不值得挨上一掌。她臉上一定露出這種表情吧，所以對方強行要求她跳一場感恩的舞蹈來報答這份情報，而她跳了舞不但再度被取笑，背後還挨了一掌。

總之，不用管那個女孩了吧，她沒欺侮人也沒有什麼惡意。三步心裡這麼想著。

溫和的前輩打完催促逾期不還的借書者的電話之後，一面嘻嘻地笑著，一面說了讓她有點在意的話。

「三步說的那個女孩，估計是找到那本書了吧，不是嗎？」

她問溫和的前輩這句話是什麼意思，前輩卻只是嘻嘻笑著，到二樓工作去了。三步雖然不善於應付裝出理解的樣子用態度蒙混過去的大人，但她還是喜歡溫和前輩的笑聲。

做著各種各樣的事情，不知不覺時間就過去了。三步知道就算加班也沒加班費可拿，所以立刻就準備回家。

時間就是金錢，也是上班族的地獄。

今天最後的任務，是到教務課去拿寄給圖書館的郵件。各種郵件常常多到沒法用手拿，所以三步就好像要去逛街購物似的拎了一個籃子走出圖書館。

時刻已近黃昏，今天天氣很好，夕陽餘暉十分耀眼。

她覺得這種日子很適合坐在中庭的長凳上嚼嚼糖果什麼的，卻看到那個孩子在那裡。她嘴裡嚼的不是糖，而是插在果汁利樂包裡的吸管。

「啊，姐姐。」

是剛才那個染髮女孩，吸管都已經被她咬扁了。

三步想起之前她不高興的樣子，決定要保持距離。三步沒辦法露出穩重的態度笑著，只好尷尬地哼哼兩聲糊弄一下就想走。

「等一下啊！」

染髮女孩開口叫住她，三步只好認命地走向女孩。

「妳，妳好。」

「姐姐，妳脖子上掛著的那個是真名嗎？」

那個，哪個啊？三步卻不能這樣反問。

對三步而言，這個問題是自從她懂事以來，就經常被人反覆詢問的，就跟「你好嗎」一樣尋常。

「是的，我叫麥本三步。」

「好奇特的名字。」

染髮女孩並沒有取笑她的樣子。通常接下來就要問這個名字是什麼意思啊，有沒有發生過什麼有趣的事情之類的，而這些三步都早就有答案了。

「書找到了嗎？」

染髮女孩似乎對那些都不感興趣，反問了其他。

「啊，啊，對，對不起，還『麼』吔！」

她再次道歉，這次說著不好意思。

「唔——」

女孩的「唔」指的卻不是找書這件事。

「果然，像姐姐這種類型的，一定很受歡迎吧。」

「啥哈？」

這句突然從天外飛來的話，讓三步的無名指第二關節處發出了聲音。

「哪有哪有哪有，沒有沒有沒有沒有啊！」

三步用盡全力搖頭搖頭搖頭，掛在脖子上的名片晃啊晃啊晃啊。

「那妳沒有男朋友囉？」

「那個，」

三步並不撒無謂的謊。

「那個，現在，是有啦……」

「看吧！」

染髮女孩用穿著匡威布鞋[2]的腳跺著地面。

三步在一旁顯得侷促不安，覺得自己像個想叫她「好了別這樣了」的老媽子。

「果然像姐姐這樣呆呆傻傻的才受歡迎啊！」

「唔——」

並沒有受歡迎，雖然沒有但要是繼續否認的話，人家好像又要跺腳。總之，她先傾注所有感情用「唔——」來表達。大概就是「唔——」。

剛才女孩的「唔——」難道是唉喲？這家伙又咬到舌頭了，真是沒辦法的「唔——」啊。三步突然醒悟過來，覺得非常丟臉。

2 匡威（Converse），美國運動鞋公司的品牌，二〇〇三年被耐吉公司收購。

但是女孩還是有注意到她說的每一個字，也讓她有點小高興。

「啊，難道妳是在找戀愛的書，之類的嗎？」

「……唔——」

「對，對不起。」

看見對方有點不自在的表情，三步發現自己雖然是半開玩笑地問，卻好像歪打正著了。

不好意思，就不要再進一步探問了。三步打算繼續前往教務課。

「那，那我先『奏』了。」

三步轉身時再度咬到舌頭，同時她也覺得挺不自在的。

剛才，就在剛才，她還覺得人家天真爛漫地說著有刺的話讓她不舒服，現在好像自己也幹了同樣的事。

三步真是個麻煩的家伙。要是心裡想著，別人不舒服就不舒服吧管他的，然後逕自走開的話，今天晚上一定會輾轉反側，睡不著覺。

「啊，那個，」

三步又轉過身，看著染髮女孩從長凳上站起來，等女孩直起身子之後，她努力鼓起勇氣表達。

「妳，妳的氣味，也很好聞喔！」

她本來是想鼓勵人家的，意思是，**比起我這種人，妳才受歡迎呢！**結果想了半天說出口的卻是「**妳的氣味很好聞。**」

這算什麼啊？三步自己都這麼覺得了，染髮女孩一定也是這麼想的。

「哎？」

「……跟圖書館一樣好聞。」

被反問讓三步非常氣餒，她連再說一遍的勇氣都沒有，只能好像辯解一樣喃喃地說道。

這絕對會「唔——」的。不好的「唔——」的。三步心裡這麼想著，誠惶誠恐地把略微垂下的視線抬起來。染髮的女孩正微微笑著。

可愛，比突然對來圖書館的客人說：「妳好好聞喔！」的變態可愛太多了。三步心想。

「姐姐，對不起。」

「嗯？」

「那本書，三樓有人在看喔！」

女孩說完，就拿著果汁和包包。瀟灑地離開了。

愣住的三步想了一下她話中的含意，衝回去圖書館。

「怎麼啦？」

前輩們驚訝地反問。

「我去一下三樓。」

三步頭也不回地回應，便跑上了樓梯。

剛才的失蹤書籍，她還記得書名和編號，很快地便走到三樓的座位之間，偷看客人們在看什麼書。

有了。坐在她跟染髮女孩對話的書架附近，一個常來圖書館的男孩子正在閱讀那本書。

三步又快速走向樓梯，噠噠噠噠噠，下樓梯，噠噠噠噠噠，噠。她快步走到一樓的櫃臺，來到古怪前輩的旁邊。

「書，找到了！」

「喔！三步厲害了。但是呢，玩捉迷藏的時候，不小心當鬼的人是不行的。」

「蛤？」

她摸不著頭腦。

古怪的前輩指向三步身後，她轉過身。

魔鬼在那裡。

「好痛。」

今天的第三掌伴隨著「**不要亂跑！**」的怒聲，落在三步的腦袋上。

「但是，那個染髮的女孩，失蹤的書，」

「郵件呢？」

「我，我去拿。」

三步在魔鬼教官的指揮下，乖乖地再度從圖書館走向教務課。

第二天，原本列為失蹤書籍的書，不再失蹤的慌慌張張的一天過去之後，那本書終於平安地回到了書架上。

三步又在替書籍上架，她先上到四樓，然後下到三樓。

她摸著又挨了一掌的腦袋，心想，**成天打人腦袋的女人肯定會不得好死**。

她把書依照玩俄羅斯方塊的要領一一放回原處。來到昨天碰到染髮女孩的書架前，眼前剛好是要歸還的那本書的空隙。

唉喲，三步停下手上的動作，她從空隙間看見隔著長桌面對面坐著的兩個孩子。一個是昨天閱讀那本書的男生，另一個人啊——

三步看著自己手裡的書。唔，假裝在找書，其實一直在偷窺喜歡的人？沒有勇氣跟他搭訕？還是之前吵架了？唔——

好吧，這不去問當事人是不會知道的，自己想像也是白搭，反正她也沒走去問的勇氣。

三步把手上的書輕輕地塞進空隙裡。

「歡迎回來。」

麥本三步喜歡亮點

麥本三步的視力比普通稍微好一點，但這只是三步個人的想法。要戴眼鏡還是不戴呢？不戴也可以正常生活；但要是戴的話，就能體驗更清晰的世界。這就是她想像中的普通視力的界線。

三步的視力兩眼都是零點八，比普通稍微好一點。

貪心的三步希望自己的視力能更好。但現在三步的視力再好也完全沒有意義，她只是個睜著眼睛望向虛空，嘴巴半張，坐著移動手指的無力社會人士而已。

三步現在陷身於一片黑暗中。

三步剛剛還在圖書館地下書庫精神飽滿地工作。事情是在她接受委託調查某一本書的位置，坐在電腦前要檢索時發生的。

啪嚓地響一聲，然後嘶——了一下，世界就完全消失了。

三步一瞬間驚慌了起來，但她畢竟是大人，立刻就發現這是停電了。這樣的話，不要亂動比較好，就乖乖地等電力恢復吧。

坐在椅子上是她今天做的最出色的一件事，出色到稍後跟前輩報告應該能獲得褒獎的程度，但估計不會有人誇獎她的。

停電了。停電了。停——電啦。

「嗯哼哼。」

一面覺得自己很無聊，一面想著在伸手不見五指的黑暗中，拖著腳越過障礙的可能性。不巧的是，三步今天把手機放在置物櫃裡，真的是束手縛腳動彈不得，只能留在原位想著無聊的笑話。

地下室當然沒有窗戶，沒有光源眼睛也無法適應，視界仍舊是零公尺。

這時，三步終於想起身為圖書館員的重要職責，於是採取了行動。

「有人在嗎——」

她出了聲，然而聲音被眾多的書籍吸收了，並沒有迴響，也沒有別的聲音回應。

太好了，要是有圖書館的利用者被關在這裡的話，可能會毫無必要地被黑暗中突然響起的笑聲嚇到，即便是三步也覺得這樣很糟糕。

睜開眼睛不知怎地，覺得自己的身體好像輕飄飄地浮了起來。**這可能是自己的老祖宗從別的星球來到地球，他們熟悉的宇宙感由自己的身體繼承了也說不定。**三步心不在焉地想著，為了讓腦袋鎮定下來，她輕輕地閉上眼睛。

狀況完全沒有改變，只不過把眼睛閉上了而已，三步卻有種不可思議的感覺。剛才還存在的什麼東西，就這樣消失了。這讓三步的心情平穩下來，真的很不可思議。三步說不出消失的到底是什麼，也很不可思議。

消失的並不是，黑暗。閉上眼睛，三步仍舊什麼也看不見。當然啊，眼睛是閉著的。

那，消失的是什麼呢？防禦力？

她反覆眨著眼睛。睜開，閉上，抬起，落下。有，沒有，有，沒有。

過了一會兒她明白了——有什麼，沒有什麼。

眼睛睜開時的黑暗，跟閉上眼睛時的黑暗，種類不一樣。閉上眼睛時，自己眼睛看到的是眼瞼的內側。另一方面，睜開眼睛時看到的是黑暗。

黑暗是能看見的，也就是說，黑暗是一種物質。

並不只是沒有光線。黑暗這種物質在自己周圍晃晃悠悠，由於這些家伙的干擾，所以看不見周圍的景色。睜開眼睛，悠悠晃晃啊。

巨大的煤煤蟲[3]。

「如果一片黑色有亮點的話，就更棒了。」

在這個世界自言自語也會被黑暗吞噬，誰也聽不到。也沒有必要讓人聽到，要是有被別人聽到的必要的話，那就不是自言自語了。

在睜開眼睛的狀態下，持續跟令人不安的黑暗奮戰也厭煩了，嘴裡一直咻咻地喊著也很累。三步再度閉上眼睛，把自己交付給虛無。

3　煤煤蟲（ススワタリ），又名黑小鬼，電影龍貓和神隱少女中出現的黑色毛球的小精靈，總愛聚集成群

突然之間，說仔細想想也很奇怪，因為本來是一開始就該好好想的事情，然而三步到現在才終於察覺到這次的停電應該很嚴重，自己搞不好會在沒人發現的情況下，在這裡被關上很久。

要是一兩個小時的話還好，若持續半天以上的話就很糟糕了，沒吃沒喝的。而且想上洗手間該怎麼辦啊？

今天也有好幾件非得辦完的工作，家裡還有今天是食用期限最後一天的便利店蛋糕。而且洗手間要怎麼辦？

「啊，沒有啦，現在還不用去喔？」

三步不知道是在對誰發表宣言，她在黑暗中像回答採訪的大企業社長一樣揮動雙手，然後屁股稍微在折疊椅上移動了一下位置。

好了，就這樣跟黑暗角力也實在沒什麼意思。血氣旺盛的三步雙臂交抱在胸前，打算採取點什麼行動。

閉上眼睛，黑暗就不在了，眼前出現了自己喜歡的東西。話雖如此，她也並不是想起了甜點。啊啊，心愛的蛋糕卷，確實還在休息室裡。午飯剛剛吃過咖哩，白飯上的紅色福神漬非常顯眼，比起咖啡色的那種，她更喜歡看起來對身體不好的紅色。

不對，不是這種事。應該想如何脫身，或是怎樣利用眼前的狀況。

三步的喜好先暫且不提。總而言之，現在外面是中午，在圖書館的人應該很多，所以員工也多，至少應該會有誰發現少了一個人吧。應該會，有人吧……三步對自己在前輩們的眼裡，有多少存在感有所疑問。

就算不管這個，幫助圖書館客人的人員也會因此減少喔。這讓三步十分地不安。

假設，雖然是假設，要是沒辦法期待前輩們的援手的話，自己應該怎麼辦呢？

脫身，脫身，嗯——。三步一面嘴裡念念有詞，一面噠噠地用右腳踏地，把煤煤蟲一隻一隻踩扁。

雖然稱不上是其實，但三步的腦袋中已經有了一個離開這裡的辦法。應該是在口袋裡，也是剛才做社長訪談的時候她移動屁股的理由。目前還不需要去洗手間的三步屁股上的口袋裡，放著一串鑰匙。剛才她揮舞手臂的時候，屁股一瞬間抬了起來，那時候被鑰匙的角度卡痛了。

自己肉多的屁股八成變紅了。這暫且不提，既然有鑰匙串，那離開這裡的辦法，就是鑰匙串裡或許有能打開書庫門的鑰匙也說不定。

用鑰匙開門，就可以，出去了。當然。

然而眾所周知，三步現在困在黑暗中，她大概知道自己現在坐的地方和門的相對位置。若是直線距離的話，應該可以走到吧。只不過，地板上是不是放著紙箱，途中是不是有堆著書籍的小車，這種細節她就記不得了。

若是拖著腳前進的話，就算途中有阻礙，應該也可以在不被絆倒的狀況下往前走吧。但這也有問題存在，三步能想像到的只有椅子跟門的大概位置而已。

在黑暗中往前走的話可能會走偏，運氣不好的話會被困在書架中間，搞不好還會迷路，反而陷入比現在更加難以被發現的地方，這可怎麼辦才好呢？而且到了存亡危急的關頭，沒有椅子她會沒安全感。

三步考慮著跟椅子之間的距離。要是鼓起勇氣行動的話，也可能會回不到原來的關係了。

「……嗚。」

一瞬間奇怪回憶的門扉似乎要打開。

三步全力地阻止。**沒事沒事，沒問題沒問題，會的會的，不管是誰都會這樣的**。三步沒有搖頭，反而點頭露出接受的樣子，設法保持了平靜。

三步帶著悲痛的心情決定和椅子告別。**再見了，椅子**。

突然移動是很危險的，總之先試著站起來。雙腿使力，身體稍微前傾，起身。黑暗中景色並沒有改變，自己是不是站了起來，全靠身體的感覺才能認知。

這種狀態比她想像中更為不穩定而讓人不安，三步再度坐下。**我回來了，椅子。**

一向悠悠晃晃的三步現在也發現情況確實不妙。沒辦法，雖然樣子很難看，但還是拖著椅子一起前進吧。**我們一直在一起喔，椅子。**

嘰嘰嘰地拖動椅子，被自己搞出的巨大噪音嚇了一跳。她發現把椅子稍微抬起來一點，彎著腰前進就可以了，然而這麼做了之後腦袋立刻撞上了書架。**好痛！**

雖然很痛，但抵達書架是件好事。用右手摸著書架前進，應該就可以準確無誤地走到門口。

嘰、咚、嘰、咚。把椅子往上抬，貼著屁股前進一步，落地之後伸手碰一下書架。三步覺得簡直像是在打遊戲時，沒有使用照明道具前進一樣。**那是什麼遊戲呢？寶可夢嗎？**

這樣前進了一陣子之後，她突然感覺膝蓋碰到了一個東西，瞬間她有忍耐痛苦的心理準備。但她撞到的東西似乎並不堅硬，沒什麼痛感。三步停下來，伸手摸了摸膝蓋碰到的東西，表面摸起來毛茸茸的有點柔軟，底下粗粗硬硬的。

摸了一會兒知道這東西有靠背還有腳，她知道是什麼了——又是椅子，但這張椅子不只是椅子，椅腳上還有輪子。只要有這個，就能不用費力把椅子抬起來往前進，也不必擔心刮傷地板了吧，而且椅子上有墊子，屁股也不會痛。

三步立刻決定把屁股轉移到新的椅子上。**對不起啊，之前的椅子，我遇上了更喜歡的椅子了**。獲得了新道具，三步開心地右手扶著書架，用腳在地上用力蹬著前進。

三步在這種時候總會得意忘形，然後也總會一敗塗地。

三步要在地上蹬第二腳的時候，黑暗中前進的方向稍微偏了一點，誤踢到了書架。當然這樣一來，椅子就從書架那裡在書庫中往前滑行，而三步的小腿就這樣撞上了鐵架。她發出不成調的哀嚎，從椅子上摔了下來蹲在地上。**悲哀啊，三步，誰叫妳得意忘形。**

她在腦袋裡恨恨地自怨自艾了一會兒，同時心裡「啊啊阿阿阿阿啊啊啊啊啊阿」地大叫。要是有光就方便多了，怪不得神明會說：**要有光阿阿啊啊啊——**

花了大約三分鐘，終於緩過氣來的三步淚眼迷濛地重振精神，設法回到原來書架的方向。小腿痛的地方是因為從那邊過來才撞到的，所以反過來應該是那邊。她憑著這樣曖昧的推測，小心地滑動椅子。

然而，她前進的方向並沒有碰到書架。**咦？好奇怪喔，哎？**三步有了在黑暗中迷路的實感，不由得心慌起來。

三步這個人本來就跟「慎重」這個詞沒有什麼緣分。她伸手向前，慢慢移動椅子前進，做好隨時碰到書架的準備。當她終於摸到某個東西的時候，心想，**太好了**。再仔細摸索了一下，發現那是鍵盤，然後有螢幕，這裡只有一台電腦。

「回到原點了啊！」

她不由得脫口而出的聲音，也被黑暗毫不容情地吞噬了。雖然很失望，但三步已經是大人了，知道喪氣也沒有用，於是開始探索周圍。這回尋到了書架，用右手摸著慢慢前進。**要慎重，要慎重。**

就這樣，在前進的途中發生了。

三步感到前所未有的呼吸困難。

她心想，**不知是不是因為運動的關係，還是書庫裡的氧氣漸漸不足。**但是，並非如此。

一直置身於黑暗中的壓力，在三步不自覺的情況下悄悄地逼近了她的心，在裡面築了巢，開始影響她的身體狀況。

她非常緩慢地前進，跟剛才告別的椅子奇蹟般地再度相會。三步的腦袋突然浮現了在此之前都沒有察覺到的感情，突兀地嚇人。

恐懼。

一旦有了這樣的自覺，即便只是一瞬間，感覺就會立刻放大，佔據全身，雖然她極力設法驅逐了。

真想快點離開這裡。她不由得生出了這個念頭。

三步抬頭挺胸，打算先暫時停止前進。要是驚慌起來，不小心受傷了或是不省人事，那只會讓事情更糟。為了避免這種狀況發生，她先告訴自己現在這個處境並不奇怪，接著深呼吸，然後閉上眼睛，不去看黑暗，並說服自己相信喜歡待在這裡。

這麼說來，她小時候有過這種經驗。跟家人一起去參觀科學館，在黑暗中迷路了。雖然大人告誡過隨便亂跑很危險，但她仍舊沒有停下來，肩膀一直碰撞到牆壁。在前所未見的新世界裡不可思議地覺得愉快，想一直在黑暗中迷路。

黑暗沒有對她怎樣，所以並不感到害怕，當時她不認為黑暗是敵人。黑暗只是在那裡而已，不能就這樣斷定是不好的東西。

三步慢慢地把右手往前伸，手掌朝下，往旁邊呈弧線移動。

對不起，我揍了你。

我們和好吧！

她道歉並且求和之後，很不可思議地，覺得黑暗摸起來似乎比較舒服了，感覺到他們似乎可以和平共存。

只是存在就被當成惡人進而被攻擊。三步覺得自己的行為簡直跟霸凌沒有兩樣，她深深反省著。

持續深呼吸之後，呼吸規律了，心跳也恢復正常，看起來應該沒事了。

她眨眨眼睛，望著眼前的黑暗，腳上用力，決定這次一定要走向出口。

就在她下定決心的時候——

天花板上傳來雲霄飛車起動般的聲音，黑暗同時突然隱身了。

「哇呀！」

三步不由得用雙手遮住臉，覺得好像有炸彈在眼前爆炸了一樣。她真的考慮過這種可能性，所以誠惶誠恐地睜開眼睛。當然眼前是一如往常的書庫，前面是被她甩開的那張椅子，並沒有著火，也沒有被爆炸波影響的樣子。

電來了。

「喂，三步妳沒事吧？」

剛才前進的方向傳來開門以及呼喚她的聲音，過了一會兒，聲音的主人探頭窺伺她的臉，看見來人讓她立刻恢復了正常。

「古怪的前輩……」

「咦，什麼啊！」

「……啊，沒有，我有點，混亂。」

「這種事情不應該由自己來說的吧？」

「哎，不是，」

「像是沒發生任何事情一樣坐在椅子上，真是明智之舉。」

古怪的前輩說著，就不計較三步脫口而出的失禮腦內綽號了。好危險啊！

三步啪嗟啪嗟地眨著眼睛，站起身來，原來視線是會牽動全身的。只不過暫時什麼都看不見，現在就覺得站都站不穩了。

在古怪前輩的關切下，她又坐了一會兒。等待眼睛習慣光線後，再度站起來，這次就沒事了。

三步跟在古怪的前輩後面，離開了書庫，她從褲袋裡掏出鑰匙，把出入時都得鎖上的門先打開，然後再鎖上。

回到櫃臺，同事們好像都非常忙碌，整個圖書館都騷動不安的樣子。

前輩們雖然忙著工作，卻都特地來安慰三步。特別是溫和的前輩聽說三步困在一片漆黑裡，非常地擔心。

「平安無事，真是太好了！」

「真的。啊，但是，」

「發生什麼事了嗎？」

「嗯——，我交到了朋友。」

「……妳可以休息一下。真的沒問題嗎？要不要去醫務室？」

在那之後一直到她當班結束，溫和前輩一直都非常關心她，可怕前輩也表示關切，古怪前輩則要她介紹新朋友。

很可惜的是，三步忙著應付圖書館的來客，沒有時間解釋這場誤會。

不知道是中午的經歷對大腦的影響比想像中嚴重，還是三步本來就是這樣的人，竟然會發生那麼荒唐的事。

今天是戰勝驚慌的一天。三步下班回家開門進屋，洗手漱口，緩過一口氣後，決定為了獎勵自己煮一杯半的米，當然要攻掠這家伙，配菜也得夠力才行。她微微笑著，一面看電視一面喝午後的檸檬紅茶，然後想著差不多該去超市買晚飯了，突然她發現一件事——她沒把裝著錢包和手機以及其他東西的包包帶回家。

怎麼會這樣？三步覺得自己蠢到難以置信，在玄關和客廳間來回走動。**啊啊，算了，放棄掙扎。**走向玄關打算就這樣出去，還好她習慣把家裡的鑰匙和悠遊卡放在口袋裡。

外面天色已經全黑了，往車站的路上和電車裡都是穿著西裝的上班族。雖然有點氣悶，但她只需要搭乘四站而已，這麼短的路程就連嫌棄身邊醉漢的空閒都沒有；要是五站的話，那或許有點危險吧。

三步在平常的車站下車，出站，順著平常的路往前走。通過大學圖書館的自動門，瞬間被喜歡的氣味包圍住。

晚上的圖書館比平常更加靜謐，今天卻仍然殘留著白天慌亂的刺激亮點，感覺十分地花俏。

三步打開員工專用的門，走進休息室，裡面沒有人。打開自己的置物櫃，拿出包包。對不起，把你孤伶伶地扔在這裡。

三步本來是打算悄悄地來悄悄地走，但關上置物櫃時發出了聲響，為了不讓人誤以為是小偷，她決定從休息室走到櫃臺處，跟工作人員打聲招呼再離開。

對不起啊！她在腦袋裡反覆叨唸，但實際出口時卻咬到舌頭變成「堆不起！」在櫃臺後獨自工作的古怪前輩轉過頭來。

「喔，三步，想念姐姐了嗎？」

要是回應了前輩估計會很難搞，三步雖然這麼想著，卻也沒有閃躲不回答的勇氣。

「差，差不多是這樣吧！」

三步敷衍地說道。

古怪前輩立刻站起來走近，默默地伸手用力撫摸她的頭頂和下巴。

三步毫不抵抗地忍耐了一會兒，但心裡不斷暗忖著：這種動作搞不好會

造成腦震盪啊！然後輕輕握住古怪前輩的雙手。

「我把包包，忘在置物櫃裡了。」

「真的啊！妳有夠傻的——」

嗚哇，被前輩撫摸安慰受傷的心，似乎平靜下來了。

「您自己，一個人嗎？」

「嗯，大家還在確認其他的事情。今天妳辛苦了啊，三步。」

「啊，不會，還好。」

「喔，妳不害怕嗎？三步真是堅強的孩子啊！給妳巧克力。」

古怪前輩從工作圍裙的口袋裡拿出巧克力，遞給了三步。

圖書館內禁止飲食。

三步回想起中午的情形。**自己不害怕，嗎？**

的確，說辛苦，是很辛苦，沒錯吧？

「但是，算有亮點啦！」

反映出周圍色彩的亮點；注意到平常沒注意到的魅力的亮點。

三步自己覺得用愚蠢的表情說出來應該沒什麼說服力，正想要再進一步解釋時，被古怪前輩打斷了。

「這樣啊！」

古怪前輩溫柔地笑著回應。

三步覺得自己好像第一次跟古怪前輩瞬間心意相通了，她朝對方露出滿面笑容。然而——

「跟男朋友在一起時，是要關燈的類型嗎？」

啊，原來完全並沒有相通。

「辛苦啦！」

三步勉強笑了一下，說完便離開櫃臺從普通的出入口離去。

途中她回頭過一次，古怪前輩認真地對她揮手。**不知道人家會不會回頭，卻仍舊揮手，而且表情還那麼認真，那個人到底在想什麼啊？**

三步腦子裡想著前輩奇特的言行舉止，回家時順便去了超市，買了薑燒的材料，還靈機一動購入一條紅色的緞帶。

也算是賠罪吧！她覺得這條緞帶很適合那張椅子。

麥本三步喜歡比自己年長的人

麥本三步也有休假日。

一個星期中就算沒有國定假日，她最多有三天休假，最少也有一天。也就是說，沒有國定假日的話，一星期最少上四天班，最多上六天班。因為她們是輪班制所以可能有點出入，但以社會人士來說，一個月的上班日差不多是標準日數。

說老實話，她並不想這麼勤奮地上班，但是不去上班就賺不到錢，所以三步感到左右為難。其實她想每個星期上兩天班，然後拿現在兩倍的薪水，但這是不可能的，真是令人左右為難。

雖然這種情況並不是左右為難，但三步喜歡「左右為難」這個詞的發音。有時候還會裝酷耍帥地說：「進退兩難」。然而，要是問三步這是怎麼個酷帥法，也不知道能不能得到像樣的答案。

三步的休假日通常都是自己一人過的。

雖然最大的理由是她獨居，但也因為她休假的日子常常並不在週末，很難跟朋友的假日碰上，而且最近沒有了那個稱之為男朋友的存在，也是理由之一。

之前學生問她有沒有男朋友？三步回答說有，那可不是騙人，也不是打腫臉充胖子。

請相信我，原諒我。雖然沒人質問她，她卻在心中如此說明。

但是但是，三步要辯解：**其實你可以想想看，那個時候我話說得有點遲疑，不是嗎？那個啊，是因為當時我們的關係已經有點微妙了。男女之間很複雜的，不是嗎？那是來自姐姐的教誨喔！**她在腦中堂堂展開沒人要問，也沒人會聽的演講。彷彿她完全不介意分手的樣子，雖然分明嚎啕大哭借酒澆愁還吐了一頓。

回想起當時的情景，三步又開始覺得心頭嘶嘶地隱隱作痛，所以就不再深究了吧。嘶嘶，並不是傷口裂開血滲出來的聲音，還沒到那個程度。

總之，三步覺得男人都是垃圾、最好全部死光的時期已經過去了，但也還沒到體諒他有他自己的考量這種程度。現在的感覺是如果隕石能落在他一個人頭上的話，那就落吧！

如此這般的三步，迎來了本週的休假日。

基本上，三步休假的日子就是睡懶覺。雖然沒有特別要怎樣的打算，但通常在想起床之前都要賴上一個小時，然後再睡個兩三次回籠覺。但今天一醒來就沒繼續睡，卻還是賴床了。

三步已經決定了今天的目標——要去之前發現的拉麵店吃午餐。也因此非得早點吃早餐不可，便沒再睡回籠覺。

「睡了回籠覺起來以後，早午餐一起解決不就得了。」要是有人這麼說的話，三步會回答：「哎，不行不行。」並不是不吃早飯太難受了所以不行，而是沒辦法一次吃掉兩餐的分量啊！三步吃東西是沒有減法的。

上午把昨天偷懶沒洗的衣服洗掉，掃地吸塵。對三步而言，算是充分利用了時間，一口氣把家事都做了。很快就過了中午，三步化了淡妝換了衣服，意氣風發地準備出發。

最近天氣熱了一點，新陳代謝很好的三步，把長袖T恤的袖子捲起來，穿上八分牛仔褲。她肩上背著一個小包包，腳上則是假日穿的藍色紐巴倫鞋，踏著輕快的腳步前進。

通常出門的時候，三步會依照當天的心情決定要不要帶iPod，今天她想一面聽音樂一面走路。鎖上家門後立刻戴上耳機，選曲讓iPod自動隨機播放。今天的第一首是Scha Dara Parr的〈Aqua Fresh〉。

拉麵店距離三步家走路大約二十分鐘，以三步的徒步活動範圍來說，這家店算是很近的。這家店其實她不久之前才知道，理由是從家裡到這家店的路上，有一間她常去的鯛魚燒店。

只要走到附近，就算本來沒有打算要買，也會被鯛魚燒的香氣結界給困住，一買就是好幾個，然後再心滿意足地轉身回家。

今天似乎也會被鯛魚燒的結界給困住，她在心裡暗忖道：**我待會再來**，

不好意思啊！道了歉後來到拉麵店前，耳中聽著RHYMESTER的〈萊卡萊卡〉。她先把耳機拿下來，準備迎接這家拉麵店的背水一戰，要是聽不到聲音的話，就沒辦法打仗啦！

她掀開簾子，拉開入口的拉門，「**歡迎光臨**」伴隨著鈴聲迎面而來。

現在是午餐時間，店裡有很多客人，但櫃臺還有一個位子，三步感到很安心。其實就算沒有空位，只要等待一下就好，並沒有什麼問題。

三步擔心的是被帶到兩人的桌位，讓後面來的兩位客人等待的狀況。她會覺得人家可能想著她怎麼還不滾蛋啊！這種心理負擔讓人疲累。

點餐是購買餐券的形式，這對怕生的三步來說，是很令人高興的一件事。販賣機左上角的醬油拉麵按鈕上，貼著寫了「**基本！**」的黃色貼紙。三步鼓起勇氣按了那個按鈕，還加購了大份的餐券。

她在應該是正在午休的兩個上班族中間坐下，把醬油拉麵的食券跟大份餐券交給店員。她心想，**那麼顯眼地貼著「基本！」的貼紙，搞不好會讓**

人家不高興，覺得怎麼不按照基本形式，還點什麼大份呢？

三步的緊張和擔心馬上就被驅散了，店內響起大份餐點的點菜聲。她當然不會因為是女性而介意自己點大份餐點的那種人，毋寧說，她會拿點大份餐點來對周圍誇耀，表示自己很厲害。因此店家說大份餐點是這位客人點的時候，三步會覺得非常地爽快。然而，要是問三步這是怎麼個爽快法，也不知道能不能得到像樣的答案

好了——開吃——。來吧——。喲喝——。雖然並沒有要擊打沙袋，三步卻帶著像進入拳擊場的選手般的心情，等待著拉麵的到來。途中還偷看了隔壁客人的炒飯，暗自決定下次來時不要忘了加點。

她空著肚子，不由得想吃櫃臺上免費的蕗蕎[4]，但還是忍住了，因為她決定第一口一定要先品嚐湯頭。這是她自己定下的規矩，這樣培養著食慾，穩住穩住。

4　蕗蕎，又稱火蔥、蕎頭、辣韭或是小蒜。

喂喂，別讓我家的烈馬等太久，會出大事的喔！三步一面摸著肚子，一面挑戰地盯著纏頭巾的大哥。

持續了五分鐘，最後伴隨著「**久等啦！**」的聲音，冒著熱氣的大碗來到了三步面前，她等不及大碗放到桌面就想伸手去接。

「請小心燙喔！」

員工提醒說道。

麵碗比三步想像中要燙，但已經不能鬆手了。話雖如此，在離桌面幾公分的地方，因為實在太燙了她還是忍不住放了手，湯汁晃蕩著濺到了櫃臺上。**好可惜！**

櫃臺上放著粉紅色的桌巾，她一邊仔細擦拭濺出來的湯汁，一邊思忖著：**這樣的話，不如準備好防熱手套。**

可能像三步這樣的心急的人並不少，通常顧客都會等店員把碗放妥在櫃臺上。但並沒有人告訴三步，而且她在學校也沒有學過。

來吧來吧！醬油和高湯的香味已經讓三步忍不住了，她把桌巾放回原位，右手在自己鎖骨前定位，然後也抬起左手。

「我要開動了。」

說完，三步急忙拿起湯匙，舀了一口湯呼呼地吹了幾下，啜了一口。**好燙，燙傷了**。分明已經吹過了的說，可能是肺活量不夠吧，要不然就是太急切了。

雖然很燙，但是湯非常美味，要是跟麵一起吃的話，會有多好吃呢？三步自己也很害怕，但要是害怕的話就無法前進了。她下定決心拿起免洗筷拉開，今天分開得很俐落。**真好啊**！通常三步拉開的時候，都是握住的那邊比較粗。

她比剛才更加努力地吹著麵，然後開吃。一面覺得好燙好燙，一面吸溜吃進肚的細麵讓三步頓時有如升天，瞬間眼前好像有火花四濺一般，要是再往前一步就無法回頭的感覺，但幸好她生還了。

「好吃——」

她不由得抬起視線這麼說，剛好和櫃臺後面大哥視線相交。她並沒說什麼壞話，但要是被人家高估成特意稱讚美味的行家也很困擾。

三步立刻低頭望回眼前的拉麵。這是她非常喜歡的味道，誇獎一下幾分鐘前點了大份的自己。**幹得好！**

自吹自擂先放到一邊，三步吸哩呼嚕地吃著拉麵，麵裡的叉燒也是三步喜歡的很軟嫩的那種。**真好吃！**吃到一半的時候，心想：**唉喲，越來越少了，就不能吃不完嗎？真是悲哀啊！**三步感嘆著這種進退兩難的人類困境，一下子就把一碗拉麵吃完了。

接著，她一口氣把水喝完，將位子讓給下一位客人，心想：**得告訴店家非常好吃才行。**

「感謝招待『辣』！」

咬到舌頭了，都是大哥太有氣魄震懾到她，是大哥不好。

三步接受了大哥的回禮，掀開門簾，走到店外。外面跟店裡的熱氣不一樣，涼爽的風吹動了她的瀏海。

「一開始吃就更想吃了啊……」

她走到太陽下，浮現的念頭簡直不像才剛吃完大份拉麵的女孩子。

她循著來路往回走，打算要主動進入之前提到過的那個結界裡去。

「請給我一個。」

三步在鯛魚燒店前站定說道。

「我馬上就要吃。」

店員姐姐正要開口，她又搶在人家的前面補充道。可能是她氣勢太足了，對方嘻嘻地笑起來，讓她有點不好意思。

接過用紙包著的熱騰騰的鯛魚燒，她腦中滿是即將出現的味道。

三步就是靠想像的味道便能滿足一回的女人。

「感謝您經常惠顧。」

店員姐姐這麼說。

「感謝招待。」

分明還沒吃的三步不由得回應，自己都沒發覺難得沒有咬到舌頭。

「我要開動了。」

她對著鯛魚的腦袋呼呼呼地吹氣，但是剛剛喝湯被燙到的三步，沒辦法一口咬下鯛魚燒，總之先大口輕咬了一下留下齒印。好燙。然後再小心地用門牙小小地啃了一下。好燙——好燙——好吃！

三步並不會等待涼了才吃，她一面吹一面踏上歸途，吃完了口渴，就到便利商店去買午後的紅茶，順便把包鯛魚燒的紙扔進垃圾桶。

才剛吃完，她就開始想晚餐要吃什麼呢？想著想著就到家了。

回家洗手漱口，這是邋遢的三步絕對不會忘記的事情，也是從小養成的習慣。以前曾經在外面醉得東倒西歪，在朋友家裡借宿，還比主人先去洗手漱口，雖然她自己不記得了。

現在開始準備晚餐還太早，就算是三步，眼下也已經吃飽了，因此她覺得可以開始進入無所事事的階段。三步把筆記型電腦放在桌上，在椅子上坐下，等待電腦啟動的同時，喝著午後的紅茶。

她並不是打算看動畫，也不是想學習什麼。電腦螢幕畫面亮起，她點擊圖標，GOOGLE 就出現了，她從書籤中選擇了一個網站。

「廣播——電台、廣播電台——、因為今天是星——期——五——」

三步一面哼著歌，一面點選了不是自己居住地區的廣播電台的節目。雖然低沈但卻非常清晰動聽的男聲，從電腦裡流洩出來。

「大湖先生好——」

三步也隨著廣播打招呼，好像才剛開始讀聽眾來信吧。

她把音量稍為調低，就這樣開著電腦，接著換上家居服，躺在床上玩手機，午後的紅茶放在伸手可及的地板上。這就是三步無所事事的休假方式。

三步是在上了大學之後，才養成聽廣播電台節目的習慣。她在打工的地方總是聽到電台音樂，於是後來在家裡也開始聆聽。

大學畢業之後，搬到現在住的地方，發現大學時代聽的節目在這裡無法收聽到，覺得非常失望。查尋了一下，發現有辦法收聽全國各地的電台廣播節目，三步立刻註冊，於是開始收聽以往不知道的全國廣播電台的節目，一個月好幾百日圓。這就是三步的奢侈。

現在屋裡播放的節目，是關西的廣播電台。三步要是星期五休假的話，常常會選擇聽這個節目，不只是喜歡主播的聲音，網站主頁上有主播的照片，長相也剛好是她的菜。雖然手機也可以收聽，但三步還是選擇使用電腦，因為手機一直播放會發熱，她覺得有點嚇人。

主播好聽的聲音，沒聽過的樂團的曲子，窗戶是打開的，窗簾微微晃動，柔軟的床鋪，感覺真舒服。

三步玩著手機，就這樣睡著了。呼——

「嗯………嗚啊！」

三步醒來一時之間搞不清楚狀況。**咦、哪裡、幾點、早上？哎，遲到了？**她把黃昏和清晨搞混了，大為慌亂。

其實仔細想想，像夕陽這樣的橘色光芒照進屋裡，要是早上的話，那離上班時間也還很早呢，但睡傻了的她腦子轉不過來。

三步看了一下時鐘，終於發現自己是午睡醒來。電腦中傳來的仍舊是睡前聽的同一位主播的聲音，顯然應該沒有睡很久，她這才安心。

喲喝，她抬起兩腿，要借反作用力起身，但是力道和腹肌力量都不夠，再度躺平在床上。不得已只好用手腕撐起身子，一面張著大嘴打呵欠，一面把窗戶關上，然後閉上了嘴。

既然起身了，就順便察看一下冰箱裡的存貨，有飲料，也有食物。休假日最後用自炊做收尾，其實心裡有點沒底兒，但只有乳酪跟豆芽菜是沒法吃飯的。

差點就成了吃了睡、睡起來接著吃的假日。

三步食慾旺盛起來了。一杯米下電鍋，把電腦上的廣播關掉，再將剛才脫掉搭在椅背上的衣服穿上，撿起在床上纏成一團的襪子穿好，然後背起包包，拿著鑰匙穿上紐巴倫，準備好再度出門。

她覺得外面的氣溫比中午時稍微下降了一點，她把捲起來的袖子放下，朝超市走去。今天她決定要去離家最近的超市，並不是她不想走遠。冰箱裡有豆芽菜，所以拿來做泡菜鍋應該可以用完，但是販售三步喜歡的泡菜鍋調味料的超市，這附近只有那一家而已。由於沒走多少路，今晚睡前就多做伸展運動吧。

她感覺到iPod還放在褲袋裡，但這回出門決定光著耳朵挑戰。並不是因為目的地很近，而是因為她喜歡一面聽黃昏時附近人家紛紛趕著回家的聲音，一面散步。

三步邊走邊目不轉睛地盯著路上閒晃的狗狗，差一點撞上電線桿。好不容易沒見血光進入了超市，她在店裡逛了一下，購入泡菜鍋的調味料和五花肉，以及已經切好的白菜絲、豆腐，就這樣。明天會有明天想吃的東西，所以三步通常是不會一次買一堆。她曾經有過好幾次買了食材之後忘記，結果全部爛掉的經驗，所以這可以算是三步的成長。

她沒有繞路，直接回家。先洗手漱口，再把買來的食物放進冰箱。襪子脫了亂扔，放下包包，把今天已經不會再穿的外套掛在木頭衣架上，放進衣櫃裡。

雖然窗簾全都是拉開的，但她卻直接把外出服脫掉而非先換上家居服，這並非單純因為三步非常不善於安排行動順序。只是因為她住的公寓前面是小河跟低矮的民房，被偷窺的可能性極低，房屋仲介是這麼說的。要是有誰用望遠鏡偷看的話，就會看到她穿著內衣的模樣。若是真有誰振奮到這個地步，那也就完全敗給對方了。三步這點心理準備還是有的。

她慢吞吞地換上家居服，時間還很早，白飯還沒煮好，太陽也還沒下山。**嗯——，現在要做什麼呢？**三步拿起放在地板上的午後紅茶喝了一口，想起圖書館借來的書還沒看完。她是在上班的時候發現了那本書，想看就借了回來，現在還放在上班背的包包裡。

三步在椅子上坐下看書，偶爾會移到地板上，把椅子當桌子用。看了一會兒書，香味飄到她的鼻尖。**嗯，差不多了。**

她的感覺並沒錯，不久之後，電飯鍋就發出飯煮好的鈴聲了。但是三步沒有站起來，而是讓米飯和肚子等待著。因為她還沒真的餓，而且如果現在就吃，晚點肚子又會餓了。

又過了一小時左右，三步看書看到一個階段，終於站起身來，她伸個懶腰，扭動脖子，然後去上廁所。

好了，開始做晚飯！三步鼓起精神，今天的晚飯是使用泡菜鍋鍋底的泡菜鍋，十分簡單。洗了青菜後，把泡菜鍋調味料和處理好的材料全部都放進一人用的鍋子裡，接著只要放在電磁爐上就完事。三步多餘的精神都用在吃這件事上了。

她看著泡菜鍋調味料的瓶子，漫不經心地思忖著：**這種辣度剛好的口味，如果到處都有得賣就好了。**

就在三步心不在焉的同時，泡菜鍋已經因燒滾而濺出湯來。**啊，真可惜！**這種事經常發生，她用廚房裡常備的廚房紙巾擦拭濺出來的湯汁。這麼說來，她想起了吃火鍋之前本來要先買隔熱手套的，但忘記了。下次一定也還是會忘記的，就算記了筆記也仍舊會忘。

泡菜鍋的香味和青菜及肉類的香味混合在一起，聞起來真是太美味了。抽油煙機全力運轉，廚房和客廳間的門已經關上。要是客廳裡都是這個味道，她一定會夢見泡菜鍋的。**在夢裡想吃別的東西啊！**

三步確認白菜煮好了，用毛巾墊著把鍋子端到客廳。唉喲，想起電腦得先收起來，還有隔熱墊也沒放。她只好又回到廚房，先把鍋子放下，然後在客廳桌上放好隔熱墊，再度謹慎地把鍋子端出來。這要是打翻可就糟糕了，因此她非常小心。即便如此，途中她還是踩到了剛才亂丟的襪子，「呀！」不由得叫出聲來。幸好設法阻止了滑勢。**感謝襪子的摩擦力，我的肌力還意外地不錯嘛。**

午後的紅茶已經喝完了，三步倒了麥茶，把煮好的飯一口氣全部盛在大碗裡。晚飯準備好啦！接下來只要呼呼吹一下開吃就好了。

「我要開動了。」

泡菜鍋非常美味，雖然沒有像中午第一次吃到的拉麵那樣期待心動，但卻有重逢的安心，感覺身體和心靈都受到了撫慰。

對三步來說，已經算是細嚼慢嚥了，但還是一下子就吃完，她立刻開始善後。三步還算瞭解自己的個性，知道要是不立刻動手的話就會嫌麻煩，而拖到明天早上。這樣累積下來，馬上就會變成垃圾屋，所以還是趁早解決的好。三步覺得自己很值得褒獎。

「**大人也會流──淚啊──、大人也會害怕啊──。大人也會寂寞啊**

。大人也會笑——鬧啊——」

本來只是哼歌，結果變成一面大聲唱歌一面清洗碗筷。三步把手擦乾，在客廳的椅子上坐下，完全沒形象地癱著，全身充滿了好不容易完成了一件大事的感覺。

啊，冷凍庫裡有霜淇淋。三步將剛才超過五分鐘的重勞動拋在腦後，心情愉快地回到廚房，打開了冷凍庫的門，裡面果然有森永MOW的巧克力冰淇淋。她伸出手，在要碰到冰淇淋時又突然停住了。**還是洗完澡再吃吧！**

三步轉而拿出冰箱裡的罐裝咖啡，那是以前在便利商店抽到的，雖然她平常是紅茶派的，但偶爾也會喝咖啡。

三步在椅子上坐下，呼出一口氣，然後她回過神來。

啊，今天什麼事也沒發生啊！

去了第一次去的拉麵店，吃了鯛魚燒，睡了午覺，沒有發生任何超出三步生活常軌的事情。但她並非因此感到悲哀，反而覺得很輕鬆。

比起以前類似的休假，這幾次的休假讓她感到非常輕鬆。**嗯——，為什麼呢**？她思索著。

以前也沒有一直跟他在一起啊！現在回想起來，三步才發現之前兩個人在一起的時候，有些挺不愉快的回憶。

這是，今天第一次想起他。認識了，喜歡上了，交往了，分手了。已經是什麼關係都沒有了的那個人。

三步慢慢喝著罐裝咖啡。要是以前，去了第一次去的拉麵店，心裡就會想著也想讓他嚐嚐看之類的；做晚飯的時候，會想著要怎樣招待他之類的；家居服也是會覺得穿得可愛一點比較好之類的。雖然沒見面，但心裡總會轉著這些念頭。

那樣雖然也很開心，但是對自己來說，一定很辛苦吧！雖然很幸福，但卻是重勞動，麻痺到沒感覺的重勞動。不用再做這種勞動之後，總覺得非常輕鬆。

三步一個人嘿嘿地笑著，並不是發現自己輕鬆了，所以跟他的回憶就全部變好了。只不過……她覺得輕鬆了，表示還可以繼續再吃一點而已。

三步把放在房間一角的密藏點心盒打開，拿出脆笛酥。她咔嚓咔嚓地咬著脆笛酥，看著手機，大學時代的男朋友發了LINE訊息來，是沒什麼內容的訊息。三步連把拼音轉換成漢字都懶，直接回答：「ㄎㄨㄙㄇㄚ？」對方回LINE說在家裡，三步就立刻打了電話過去。

「那個啊，這是個教訓。最好不要成為跟女朋友分手之後，讓對方覺得輕鬆的男人比較好喔！」

她單方面任意開起講座。

對方回答：「啥？」的聲音在腦中迴盪。

三步大笑起來。

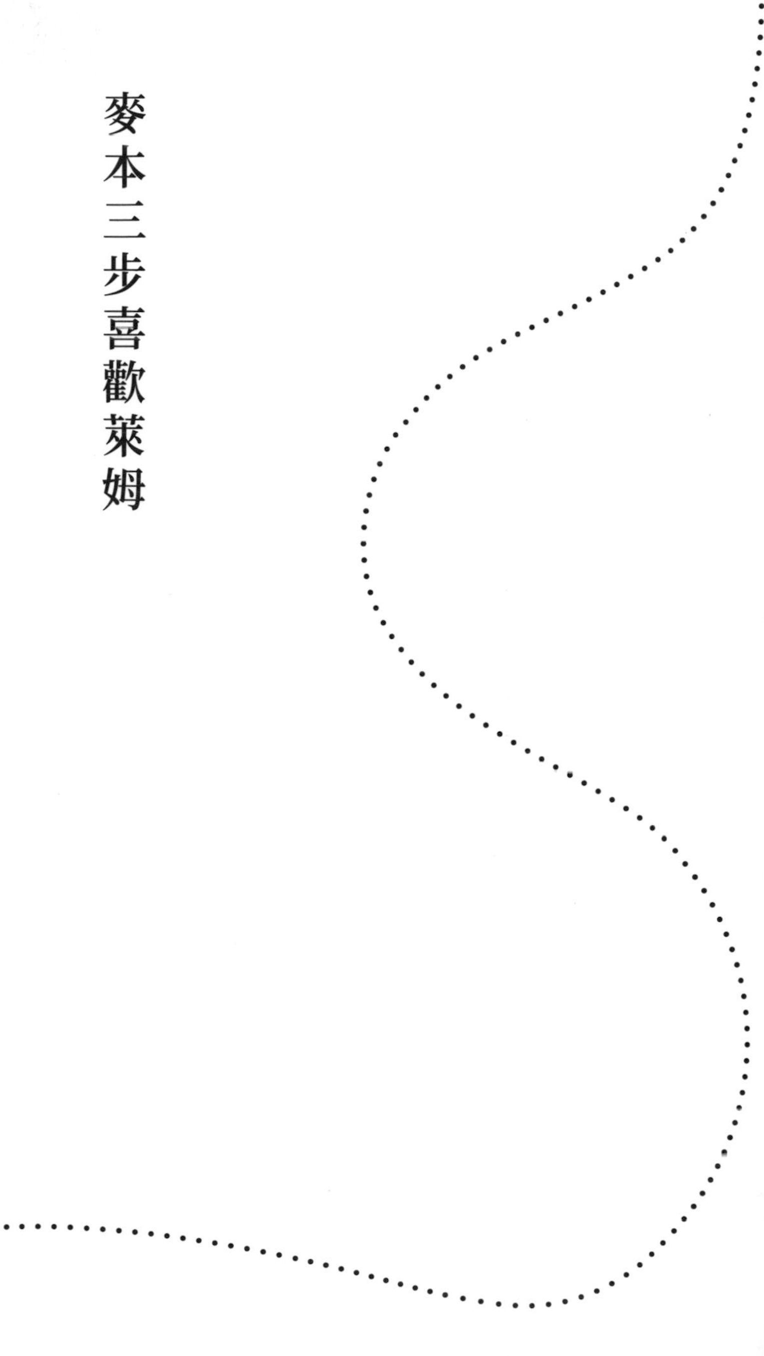

麥本三步喜歡萊姆

麥本三步在打電話。

「對，之前我也被罵了。但我不會單獨反抗前輩啊！我知道那是有壽命的物種。要是有跟我同期的人的話，或許可以一起面對脅迫也說不定。圖書館也沒多少錢啊！

這樣啊！嗯，是啊，很辛苦呢！哪裡都一樣啦！最好有哪裡的大人物出錢保障書籍的未來，基本上我們一毛也賺不到的。

啊哈哈哈哈哈哈，拿高薪的人說什麼呢！對啊，托爾斯泰也說過：『**逆境塑造人格。**』所以只能用雜草魂拼了啦！微不足道的三步，也會用完全不上漲的薪水努力的。

哎呀，正如您所說的。難以啟齒的話，要是能出人頭地就好了啊！我不知不覺已經成為扭曲的大人了——開口閉口就是錢。果然是哪裡扭曲了吧！啊哈哈哈哈。

啊，既然提到錢，您知道日本最貴的可樂嗎？以位能來說，在富士山山頂要五百日圓呢！好冷喔！總之，還是有例外。這麼說來，可能有點掃興，不過最貴的是在酒店裡啦！據說要大約兩千日圓，簡直想喝可樂喝到上癮。不是很像不健康的大人們喝的東西嗎？好像是瓶裝的，不是嗎？像是很值得信賴的瓶裝可樂感覺不道德，還有檸檬啊萊姆啊之類的，不需要前置詞。我給您檸檬吧！我喜歡萊姆。哎，琉璃的。」

「那個，三步等一下好嗎？」

「嗯，怎麼啦？」

「那個，妳一面講電話，一面在踏拍子啊？」

「唉喲，被發現啦！」

麥本三步喜歡鮮奶油

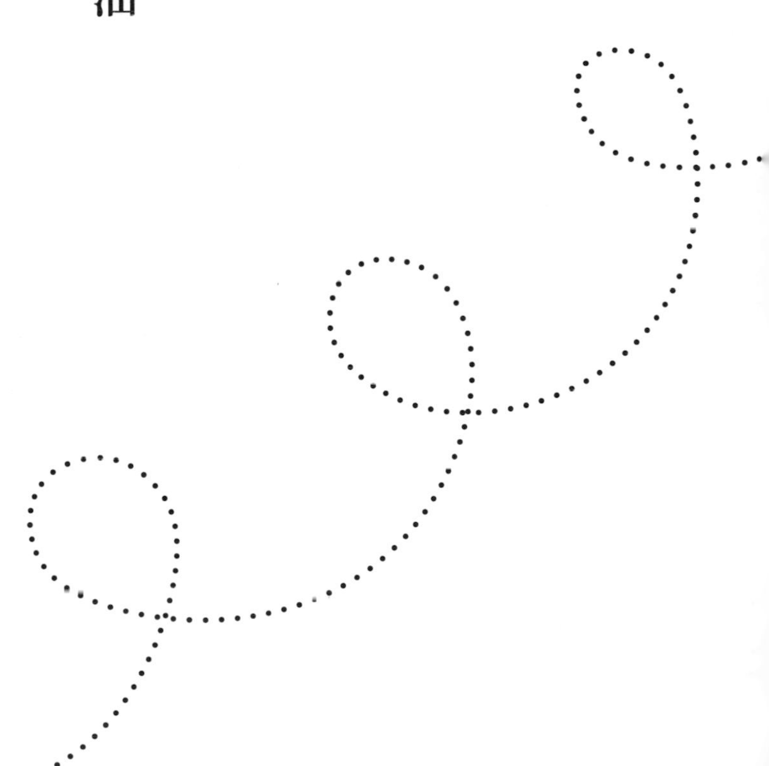

麥本三步不是聖人君子，她既不清廉潔白，也非純真無邪。她跟普通人一樣溫柔愛人，但同時也會生別人的氣，也會憎恨別人。不，搞不好會有人想像三步憎恨敵人到不共戴天的地步，日日夜夜詛咒人家不得好死。

然而，這麼麻煩的事情三步是不會做的，因為要維持那樣飽滿的感情是很困難的。只不過怒氣超越界線的瞬間，曾想過把你的阿基里斯腱塞進你嘴裡而已。

三步的怒氣是階段性的，通常伴隨著人無心的行動。

首先，她會很驚愕，世上竟然有可以做出這種不經大腦的言行舉止的人，還就在自己的身邊，讓她十分震驚。接著，她會感到困惑。自己該怎麼應對呢？自己能怎麼做呢？因而感到慌亂。然後，就在困惑中什麼也做不到就無疾而終，讓她非常沮喪，這是第三個階段。

最後，三步會發現做錯事的並不是自己，想傷害別人的也不是自己。為什麼要因為那麼惡劣的人，使得善良的人，包括三步在內這般過著平凡日子的人受到傷害呢？這使她非常憤怒，心想：**真想把你的托特包帶子全部縫在外套上吧**。至於對方是不是背著托特包，是不是穿著外套，那就無關緊要了。

順道一提，最近讓三步最不爽的，是在販售她喜歡的限量鮮奶油麵包的烘焙店裡排隊的時候，有幾個像是朋友的人來跟排在她前面的女性搭話，就這樣順勢插隊到她前面，然後輪到她的時候，麵包就賣完了。

三步沒有勇氣叫插隊的人到後面去排隊，只能在心裡詛咒她們的腳全都被自行車輾過，然後心不甘情不願地到另一家常去的麵包店買了奶油麵包。這家的也很好吃，就這樣吧。

只要提到這些，有時候對方會說：三步要會生氣啊！三步要會說難聽的話啊！大家會很驚訝，隨著情況不同也曾經有人露出失望的神色。**人家當然也是有喜怒哀樂的啊**！真是太令人難受了，這比人家說她發呆癡傻，還要難受得多。

當聽到讓自己難受的話，三步也會解釋為：這是因為自己太不擅長表達感情了，要是能直接對壞人說明自己到底哪裡不爽就好了。

然而，要靠自己的力量學會這種手法，其實挺不容易的。

今天三步也在圖書館工作，一個討厭的男老師要她去書庫拿書，不對，嚴格說來，是把只寫著書名的紙直接扔給了她。即便如此，她仍舊把書找到了，但對方還是嫌棄地說：「這麼慢。」

三步沒辦法告誡他：圖書館也算是教育機構的分支，不應該有這種態度。她在腦中想著要把那一頭長髮綁在百科全書上，讓他沈到海底吧！即使這麼想了，還是無法出口糾正。

三步在自己腦海裡沮喪不已，繼續在櫃臺工作，這時有個自然毫不知情的圖書館使用者呼喚她。這個態度絕對稱不上好的男學生，說是昨天櫃臺打電話要他來的。

這麼一說，三步想起上班的時候聽說過這件事。

「請稍等一下。」

三步對男同學說完，便轉身走去休息室叫溫和的前輩。

這種可能有點麻煩的事情，要是能交給前輩來應對，就能鬆一口氣。三步也會耍這樣的小聰明。

「你好。」

溫和的前輩對著面無表情的男學生微笑地問候。

三步回到崗位上繼續做自己的事。這是可怕的前輩交辦的，要是偷懶可會被雷劈啊！

話雖如此，溫和的前輩和男學生的對話是隔著櫃臺進行的，三步還是可以聽到片段。當然她的注意力集中在電腦畫面上，並不是一直都在偷聽，但還是能零星地聽到些許內容。

看來是這個學生借了一本書始終不還，圖書館一直打電話去催，結果學生找不到這本書，只好讓他來賠償的樣子。

原來如此，怪不得這個男學生的臉一直很臭。男學生拿出錢來，溫和的前輩收了錢後走進休息室，那裡有少量的現金，就是為了這種情況準備的。

溫和的前輩不在的時候，男學生用食指和中指敲打著櫃臺的桌面等待著。當三步開始以為這孩子是扳大拇指比賽的選手的時候，有幾個像是他朋友的男生走過來，他們好像完全不在乎這裡是圖書館，簡直像是在中庭一樣開始大聲聊天。

這種事情其實很常見，並不值得為此生氣，但身為圖書館的員工，不得不告誡他們。偏偏運氣不好，離他們最近的就是三步，雖然她很不善於處理這種情況。

「你們——」

三步站起來開口說，但聲音太消極了完全被男學生們的大嗓門打擊得體無完膚。

她正想再大聲一點說話時，溫和的前輩已經回來了。

「說話請小聲一點喔！」

溫和的前輩勸說的態度，簡直像是聖女一樣。她的聲音並不大，言詞也並不尖銳。**啊，原來可以這樣告誡對方啊！**三步覺得自己應該要好好學習。

溫和的前輩把收據跟找零讓對方確認，然後放進牛皮紙信封遞給那個男學生。對方簡直像是用搶的一樣從她手中奪過信封，塞進口袋裡。

三步一面工作一面偷瞥，心想：**這樣不行喔！**

但在此之後，那個男學生的態度更加不行。

「圖書館給你什麼錢啊？」

男學生的朋友問道。

「不是，一本破書不見了，叫我賠錢，就為了那種破爛書。」

那個男學生故意在櫃臺前這麼說道。

三步開始坐立不安，這是她要生氣的前前前奏。要是現在可怕的前輩在他們面前，估計就要開罵了，但在場的是溫和的前輩。算你們走運啊，青年們。

當男學生們打算離開時——

「等一下。」

一瞬間三步好像看見了什麼恐怖的幻影，不由得眨了好幾下眼睛。站在那裡的確實是溫和的前輩，並沒有任何可怕的東西。

前輩柔和的身影，讓她有種不容忽視的威嚴。

「什麼啊？」

那個男學生疑惑地停下腳步。

「這個，不只是書而已。」

溫和的前輩挺起胸膛反駁說。

「花了很長的時間才完成的東西，都有很多重視並且守護這些東西的人。使用了很久的東西，比新品灌注了更多人的愛情和心血。有很多大人把這些東西稱之為破爛，隨意糟蹋而且毫不反省。我覺得有一天等到那些人年紀大了以後，也會遭到同樣的命運。」

溫和的前輩輕柔緩慢地繼續說道。

「你們不覺得嗎？」

三步聽著聽著就明白了。溫和的前輩並不是在輕柔緩慢地說話，完全不是這樣。前輩說話的方式，像是從對方的耳朵裡鑽進去，慢慢揪住心臟，讓人家感覺到自己內臟的溫度一樣。

三步聯想到蛇，被蛇盯著。男學生們頓時安靜下來，很快便鳥獸散離開了圖書館。

三步驚訝地目瞪口呆。原來是溫和前輩的蛇轉過身來，她嚇了一跳，這可不是對待在腦中取了溫和暱稱的人應有的態度。

「真是讓人操心的孩子呢。」

雖然嘴裡說著這種溫柔大姐姐一樣的話，本當跟原來毫無不同的前輩笑臉，三步卻無法覺得溫和了。不對，前輩仍舊溫和，只不過，裡面似乎還有些什麼。

剛剛目睹的那一幕，讓三步產生了敬畏感，跟最近對自己的懊惱完全結合在一起。

「前輩，不，老師，我想請您教我。」

三步不由得不假思索地張口請求。

「哎，什麼？那份文件不該我負責喔！」

「啊，是的，我講得不『素』，」

啊，咬到舌頭了。

「剛才勸解的方式，實在太出色了。那個最近，我覺得自己很不會，表達感情，說不出口。那個，如果可以的話，可不可以教我生氣的方法？」

三步明顯不善於溝通的請求，讓溫和的前輩露出了爽朗的笑容。

「哎——，那個也不該由我負責啊——。跟文件一起拜託那個孩子吧。」

溫和的前輩跟可怕的前輩同年，她叫她那個孩子。

「不，那位前輩生氣的方式，我有點，困難。」

「囉唆什麼，快點工作。」

可怕的前輩不知何時就站在三步的背後，輕輕地捏住她的臉。

「呀——」

三步被捏著臉點了點頭。

實際上，三步覺得魔鬼教官比蛇可怕，在那之後便專心工作。

空閒的時間和中午休息時，三步纏著溫和的前輩問：「您怎麼學到那種技術的？」或是「您出生有什麼秘密嗎？」

溫和的前輩顧左右而言他：「不是那樣的！」或是「什麼也沒有喔！」

最後不知道是認命了還是忍耐不住了，在休息室叫道：「小三步。」

三步以為終於要得到某種指導了，挺直了背脊。

溫和的前輩帶著溫和的表情伸出手，用修長的手指握住三步的手腕。

「不用管什麼生氣的方法，要不要來去約會啊？」

「哎，咦，跟誰啊？」

三步完全不明白她在說什麼，把腦袋微微傾向一邊問道。

「我和小三步啊！我們一起去好玩的地方，如何？當然前提是妳也願意的話。」

體態豐滿的溫柔前輩說這種話，多少有點情色的感覺，但三步立刻打消了那種想像。這可是溫和的前輩第一次約她私下聚會，她當然非常高興，拼命點頭。

「請您手下留情。」

她覺得這樣回答有點奇怪，但已經說出口的話沒辦法收回，就這樣吧。

「那我們之後再看看約什麼時候喔！」

溫和的前輩好像並不介意，說完便放開三步的手腕，回去工作了。

她一面懷疑自己是不是被人玩弄於股掌之上，一面東張西望，跟進來拿資料的可怕前輩望了個正著，她便報告了自己要跟溫和前輩約會的事情。

「哎，別被吃掉了喔！」

可怕前輩拿了資料拋下一句後就走出去了。

哎，是什麼意思？接受了不知道是什麼意思的忠告。

三步身心都做好準備，迎接那一天的到來。

✿ ✿ ✿

赴約前，三步心裡一直轉著是不是該穿容易讓人吃的衣服，這種對前輩毫無意義的貼心念頭，結果都是白搭。

『穿行動方便、就算弄髒一點也無所謂的衣服來喔！』

溫和的前輩傳訊息來，三步當然照辦。

她本來以為要運動或是體能訓練之類的，她平常運動不足，應該會有影響，現在看來好像不是。

到最近的車站搭車，車程十五分鐘，在目的地等待的前輩穿著樸素的服裝，看起來楚楚可憐，像是散發出馥郁芳香的花朵一般。三步立刻直率地想著要是自己是男人的話，一定想要這樣的女朋友。

順便一提，三步還沒有交過女朋友。

她們打了招呼，三步詢問到底要去哪裡？溫和的前輩只「嘻嘻嘻嘻」地避重就輕，什麼也不告訴她。**真可怕！**

三步做好了要維持警戒心，和溫和前輩保持一定距離的決定。

動搖暫且不提，疑問一下子就都消失了。

前輩走在前面，散步了十五分鐘，最後到達的地方讓三步感覺很眼熟。

「啊！」

「嗯？」

「這裡，我來過。」

「唉喲，嘻嘻嘻嘻。」

三步一心以為會被帶到更恐怖的地方，頓時覺得掃興。

這裡是公立的圖書館。三步搬到現在住的地方之後，曾經來參觀過一次，當開始在大學圖書館上班後，就再也沒來過這裡了。但當時非常有興趣地參觀過，內部構造都記得非常清楚。

但是為什麼又想起這樣的工作呢？可能是因為自己一直囉唆個不停，所以前輩帶她來領略圖書館的基礎也說不定。

愛撒嬌又不喜歡被人訓斥的三步，露出像是被審訊的市民般的表情，溫和的前輩視若無睹，直接地走進圖書館，她急忙快步跟上。

到底是怎麼回事啊？結果不管到什麼地方，三步還是戰戰兢兢。

溫和的前輩瞥了三步一眼，往服務台方向走去，她跟坐著的員工打招呼，然後不知道為什麼介紹了三步。

「今天請她來當助手，這位是麥本三步小姐。」

「大，大家好。」

三步雖然不明所以，但既然被介紹了，便順勢打了招呼。

每個人都非常高興地回應，她為自己的畏畏縮縮感到不好意思。

「啊，那個，助手是……」

「來，這個給你，小三步的名牌，昨天做好的。」

溫和的前輩完全不回應，溫和的前輩（？）把名牌掛在三步的脖子上，她低頭一看，名牌上裝飾著可愛的花樣，中間用拼音寫著「ㄙㄢ ㄅㄨˋ」。**好可愛！不是，什麼啊，到底是要做什麼呢**？三步更加畏縮了。

在她不知所措的當口，包包已經被放在櫃臺內側，身上繫了圍裙，手上被塞了一大疊厚紙片，什麼都沒有說明。**這是什麼啊**？她攤開來看。

「連環畫故事啊！」

「對，連環畫故事。我們待會兒就要去給小朋友講連環畫故事。」

「哎？」

三步發出吃驚的聲音。

溫和的前輩（？）把手握成拳頭擋在嘴前笑起來。

「沒事的，別緊張，故事我來講。小三步只要跟小朋友們坐在一起，讓他們乖乖的一起看連環畫就好。有時候會有小朋友吵鬧，那就看三步怎麼處理囉！」

真的嗎？

真的嗎？真的嗎？真的嗎？

害羞的人最大的天敵就是小孩，這個人不知道嗎？

還是明明知道所以故意這樣的？

原來溫和前輩發現的有趣事情是這個啊！三步的體溫一下子就上升了，

她總算理解前輩打算做什麼了。

「是要，實踐嗎？」

「只是跟小朋友一起玩而已。」

看著前輩滿面的笑容，三步總算明白自己有多糊塗了。

啊啊，我這是惹到什麼人了啊！神啊，拜託您讓時間倒流吧！我只是以為能讓溫柔的姐姐手把手教導我的啊！

當然三步沒有勇氣現在說：**我要回去了。**她只能拿著紙片小心翼翼地跟在前輩身後。

圖書館角落的兒童區，堆著色彩繽紛的墊子。**原來如此，這裡就是我的葬身之處。**三步抬頭望天，望著天花板上吊著的太陽和星星的裝飾。

寫著「**現在還不能進入喔！**」的看板應該發揮了效果，孩子們還沒有出現。趁此機會她和溫和的前輩一起在小桌上，把放置連環畫的木架架起來，到處散置的繪本也收拾好放回童書架上。

「您常常，做這種事嗎？就是，當義工讀書給大家聽這種。」

三步問了前輩自己一直很在意的事。

「沒有，只是替我朋友代班而已，偶爾才來幫忙的。剛好要跟小三步約會，所以才邀請妳一起來。」

這個剛好也太剛好了吧！分明是三步自己去纏人家的，卻怪什麼太剛好，實在太壞心眼了。

三步悶悶不樂地把兒童區入口處的看板換成：**安靜地玩耍喔**！

看板換了之後，立刻有四五個在等待的小朋友和他們的母親，進入了只有三步和前輩的和平空間，完全沒有心理準備的三步倒抽了一口氣。

溫和的前輩像是知道三步的動搖而伸出援手一樣，露出天使般的笑容朝小朋友和他們的母親打招呼，媽媽們也露出笑容回應。

「好久不見的那個姐姐啊！」

「之前都在做什麼呢！」

小朋友紛紛跑向溫和的前輩七嘴八舌地說著。

原來那個笑容不只能攻陷男人，連淑女和小孩都無法抵擋。

當然三步並不是透明人，媽媽們首先將視線轉向她。

「哎……今天有幸來這裡幫忙，我是麥本三步。」

三步很被動地對她們自我介紹。

「ㄙㄢ ㄅㄨˋ——」

「ㄙㄢ ㄅㄨˋ——」

小朋友可沒這麼容易打發，有些很積極地跑過來抬頭叫道。

「對，我是三步喔——」

她在強顏歡笑之下的內心恐懼一定非常明顯，小朋友們茫然的表情讓她很難受。

在並不特別愉快的對話之間，來聽連環畫故事的孩子們也慢慢聚集過來了。總共有十二個人，以幼稚園班級的人數來說算少的，但對三步來說是有十二頭猛獸。

不知道是不是因為很容易上口，孩子們一面纏著溫和的前輩，一面還偶而朝三步的方向叫著：「ㄙㄢ ㄅㄨˋ」、「ㄙㄢ ㄅㄨˋ」。

三步並沒有什麼特別有意思的反應，反而想起大學時代被學長捉弄的感覺。**他們應該都是本來就對故事很有興趣的孩子們吧！**

溫和的前輩一出聲招呼，大家便乖乖地轉向連環畫故事的方向。

「要講什麼呢？」

「要聽好玩的！」

孩子們七嘴八舌地說道，但並沒有要作亂的樣子，三步稍為安心了。對害羞的人來說，小朋友可怕的地方就在於完全沒辦法預測。

對三步來說，這個場合的困難度稍微下降了，她略略定了心，按照前輩的指示在孩子們中間正襟危坐。可能是因為她放下了戒心，有個小女孩輕輕地坐到三步的膝蓋上，讓她又慌了起來。她覺得這簡直是江戶時代的酷刑啊！但是又不好叫人家下去。

三步決定就這樣聽連環畫故事吧！這樣應該就可以了吧！

到底溫和的前輩想要藉著這種情況告訴她什麼呢？三步臉色陰晴不定地等待著。

「ㄙㄢ ㄅㄨˋ害怕嗎？」

在她旁邊的小男生問道。她只好勉強擠出笑臉，思忖著：**要說可怕的話，你們最可怕吧！**

然而，三步感覺到的恐怖，溫和的前輩完全沒有半點感覺。

「那我們開始吧——」

前輩對小朋友們說完，就開始講連環畫故事，她的笑容完全沒有什麼異常。這是當然的啦！

溫和的前輩首先自我介紹，幾乎所有的孩子們都認識前輩，她跟少數幾位第一次來的小朋友展示名牌。

「今天還有另外一位跟大家一起聽連環畫故事的姐姐喔！知道是誰

嗎？」

溫和的前輩一面說，一面朝三步和孩子們所在的地方攤開雙手。

「ㄙㄢ ㄅㄨˋ——」

活潑的孩子們用手指著三步回答，三步稍微舉起手示意。

溫和的前輩又將手掌指向三步的方向介紹。

「對，今天坐在那裡的三步姐姐也跟我們一起，大家要和她好好相處喔！」

三步對著周圍揮手，心裡希望大家不要把自己當成敵人，能跟她好好相處，完全不顧不久之前心裡還把小朋友們稱之為天敵這件事。小朋友們也朝她揮手。

到底該怎麼辦呢？三步甚是煩惱。**到底能不能熬過接下來的酒池肉林，不對，地獄試煉呢？**三步又害怕又緊張，腿都開始麻了。

她看著溫和的前輩開始講連環圖故事，卻什麼事都沒發生。

三步一直以為小朋友會開始大聲喧嘩，然後混戰成一團，自己搞不好還會挨上一拳，接著溫和的前輩一聲清嘯鎮壓全場，讓三步感動萬分。

但她的想像完全沒有實現，想像這種自己無能為力的事情一點用處也沒有，但還是忍不住會幻想。事實與想像不同什麼也沒發生，既然沒發生那也就白想像了。

只有一次有個小男生走向坐在三步膝上的小女生，想要她讓位，三步以為他們要開戰，結果小女生讓出三步一邊的膝蓋，沒有發生任何爭執。不過這樣三步的腿就完全不能動，也不能站起來，但完全沒有關係。

連環圖故事已經講到高潮，《傑克與仙豆》馬上要結束了。

前輩在途中阻止開始聊天的孩子時也不像訓斥，而是自然地跟他們對話，然後繼續回到故事上。這樣的處理方式非常高明。三步不由得被溫和前輩的聲音吸引，覺得原來這個故事是這樣的啊！

「大家從此就幸福快樂地生活下去了。」

這句話講的不只是故事，聽起來也像是此時此地這次活動的總結。

三步終於鬆了一口氣，老實說是如釋重負。更進一步就是她以為前輩帶她來會給什麼指教或學習思考方式，結果她卻什麼也沒領悟到，不由得打了個寒噤。三步腦子裡轉的念頭，當然沒人知道。

「很好玩呢！」

坐在她膝上的小女生轉過頭，面無表情地說。

「……對啊。」

三步看不出來她感受如何，只好裝出笑臉回應。

小女生一言不發地從她膝上下來，走回媽媽的身邊。

三步望著她的背影，跟她媽媽視線相交，互相示意。

「說過謝謝了嗎？」

小女孩的媽媽問道。

「嗯。」

小女生回答。

分明沒有說，但現在這樣算是說了吧！

不一會兒小男生也從她膝上下來，他並沒有說什麼，三步知道他的目的本來就是剛才那個小女生。

要是讓三步給小男孩忠告的話，那就是——**只對想追的女生好的家伙，是不受人歡迎的喔！**但這種話三步當然不能說，只能默默地目送他離開。

孩子們的心情轉換得很快，連環畫故事講完後，還想看故事書的小朋友，從書架上取下繪本；也有立刻回到媽媽身邊想回家的小朋友；還有去找溫和前輩詢問她下次什麼時候再來的小朋友。

只有三步無法動彈。**拜託了，經過的時候腳不要不小心碰到……**

她與正在和小朋友說話的溫和前輩四目相交，前輩可能是顧慮到三步腳麻了無法動彈，只用口型說：**沒關係喔！**然後繼續和小朋友們說話。

三步不知道該如何是好，總之，先試著慢慢把腿伸直。

「怎麼啦？」

在旁邊的小女生問道，同時不小心碰到三步的腿。

三步強忍住「呀」地尖叫，但尖叫的能量可能在臉上顯露出來了，發問的小女生並沒有等她回答就迅速走開。

小朋友們終於一個又一個地離開了。溫和的前輩一面看著留下來讀書的孩子們，一面開始收拾連環畫故事的用具。三步仍舊動彈不得。

等她腳不麻了之後，場地都已經收拾完畢。她再度懷疑今天自己此行是不是毫無意義，頓時覺得頭暈目眩，雖然這也可能只是因為血液流動開始通暢了也未可知。

三步終於站起來，以道歉的姿態走向溫和前輩，前輩跟來時一樣，把紙片遞給了她，微微一笑。

「謝謝。」

「不，不客氣，我什麼都沒有，」

三步想說：**我什麼都沒有做。**同時也是「**我什麼都不明白的意思。**」但是她覺得這好像不應該在孩子們面前討論，也就沒有說出口。

溫和的前輩「嘻嘻嘻嘻」地笑著，把三步帶離兒童區。兩人一起回到櫃臺，把連環圖放回原來的位置，收拾好用具，前輩取下名牌，脫了圍裙。

「哎，啊，已經，結束了嗎？」

三步的敬語都沒好好說。

這也難怪，她本來以為可能還會被抓去做別的事情，心裡都已經有所準備了呢。

三步的腦袋裡浮現出高中時代的回憶——上數學課時打瞌睡，然後因為不懂得解題方式問了老師，老師訓斥她說：「**我說過只講一次的，不是嘛！**」她背上都是冷汗。

「嗯，本來就是來救場的，今天也不是假日，已經結束啦！」

溫和前輩開朗地這麼說，同時催促三步也把名牌取下，脫掉圍裙。她把名牌交給前輩，圍裙交給櫃臺的員工，回到跟來時同樣的裝扮。

三步明白這樣就沒有下一次機會了，不由得慌張起來，於是她拼命全力思考。

三步的特長就是會唸書，而這種特長在於只要集中精神，就會完全跟外界隔離。

因此，當她們倆與圖書館員工道別的時候，拿著包包離開圖書館的時候，走到外面朝車站出發的時候——

「辛苦了。」

溫和前輩跟她說道。

三步卻一昧地抬頭望天，完全魂遊天外。因為她在拼命思考，今天從前輩身上學到了什麼呢？她全力思索，在腦中反覆地播放前輩的言行舉止。

「怎麼啦？」

「哎，啊，嗯。」

雖然好像已經被人發現心不在焉，但三步管不了那麼多了。

她回憶起前輩跟孩子們講話的口吻、柔和的手勢、禮貌和緩的腔調。

溫和的前輩透過今天的經歷，想教她什麼呢？

突然間她明白了，感覺好像在哪裡見過。

「原來如此！」

三步突然大聲叫起來，連慣常穩重的溫和前輩都「哇」地跳起來，停下了腳步。三步決定趁對方沒有防備的時候，搶先把自己的發現告訴前輩。

「原來如此。在此之前，我一直覺得對待小朋友要跟對待大人一樣，但是小朋友們的反應總是出乎意料，所以我不擅長應付小朋友。但是事實並非如此，反過來把舉止行為不當的人當成小孩子對待，用寬大的心胸和溫和單純的說明，把感情好好地表達出來才對。前輩是想告訴我這個道理，才帶我來這個地方的吧？」

「……不對，並不是這樣的。」

「……不是嗎？」

她本以為自己會被稱讚，而充滿自信地說出自己的領悟。但前輩的敬語中明顯表達了距離感，三步經歷過許多次，知道人生就是這樣。她沮喪地低下頭。

「小三步在想這麼複雜的事情嗎？我沒辦法活得這麼複雜喔！」

溫和的前輩嘻嘻地笑起來。

「沒，沒有，我平常也不想的哇。」

咬到舌頭變成青蛙了。溫和的前輩噗哧一笑。

「但是我覺得前輩應該是想教我什麼，所以才一直拼命地思考。我今天完全沒幫上任何忙的說。」

奇怪的日語。前輩睜大了眼睛，三步以為是自己說的話太奇怪了，前輩才沒聽懂，但事實好像不是這樣。

「不是喔，小三步幫了很多忙。光是有沒見過的姐姐在場，大家就很開心，講故事也變得很輕鬆。而且小男生都想表現出好的一面，沒有人吵鬧。」

「哎，是，是這樣的嗎？」

「嗯，是這樣的。而且本來就是因為覺得今天小三步想跟我一起玩啊，所以才把妳帶來的。讓妳聽聽講故事，也算是給晚輩學習的機會吧！結果妳的腿都被坐麻了，還顧慮到那些小朋友而忍著沒說。我很喜歡這樣的小三步喔！」

「其實要是能跟他們說就好了。」

但是她沒有說出口的勇氣，既然有人認為她願意忍耐，那這樣好像也不錯。三步心裡也不知道有沒有這麼想著。

「我覺得有說不出口的人也很好——」

……………嗯？

「但我是會直說的人啦！」

咦？三步思索著前輩此話的含意。

「好了。」前輩像是要阻止她一般舉起手說道：「我既是會直說的人，也是成熟的大人，所以也不會做白工的。」

「喔喔喔？」

溫和的前輩表情既不愚蠢也不邪惡，而是帶著平穩的表情在自己的包包裡摸索著。

「代班的報酬是這個——家庭餐廳的股東優惠券。」

「喔喔喔，這樣啊！」

三步雖然不太明白這是什麼意思，但聽到股東就覺得好像很厲害，便如此回應。

「是兩個人去也很足夠的金額喔！要是小三步可以的話，那我們這就去吃蛋糕吧！」

「竟然有這種東西，可，可以嗎？」

「當然，還有炸薯條喔！」

「太好了！」

酒池肉林啊！這次應該錯不了了。

「現在開始才是真正的約會。」

可能是因為經歷過很多約會的經驗吧，溫和的前輩毫不在意地這麼說，她的吐息輕柔地舞動。

楚楚可憐的前輩的聲音和氣息感覺很豔麗，三步的胃不由得咕嚕出聲。

想著去吃各種鮮奶油甜點。雖然心中湧上這種意願，但她還要做人，暫且把這種欲望扼殺在心中。要是說出來的話，即便是溫和的前輩也會大為反感，就沒辦法繼續溫和了吧。

很可能就像前輩說的那樣，說不出來也很好，多半就是這種情況。

「真是的，小三步，就算妳不說出來，也全部寫在臉上了啊！」

「咦？」

「所以那個小女孩可能是知道妳侷促不安，為了給妳打氣，才去坐在小三步的膝蓋上吧！」

啊——，太好了。雖然被陌生的小朋友擔心的感覺很複雜，但自己心中的各種惡劣情緒並沒這麼輕易就被人看出來，實在太好了。**不，不對，我只是喜歡鮮奶油而已。我無罪，放開我！**

「那下次就去道謝吧！」

「嗯，下次再去。」

說定了。下次再約會讓三步很高興，她也好好地用言語表達出來，讓溫和的前輩知道。

後來，可怕的前輩問：「結果是吃了還是被吃了？」

三步回答：「都是。」

但那又是另外一個故事了。

麥本三步喜歡你

麥本三步也會喜歡人的，也會有相思難耐輾轉反側的夜晚。見到面就背上汗涔涔，聲音發抖，比平常更容易咬到舌頭。跟對方只不過衣袖擦過，就覺得像是嘴裡塞滿了全是奶油的泡芙一樣幸福。她也曾經有過這樣的經驗。

三步之所以這麼費勁解釋是有理由的。

最近在大學時交情非常好的男性朋友，搬到了三步住的城鎮，原因是公司恰好派他來這裡工作。三步知道這件事的時候，因為以後隨時可以跟朋友見面的場所增加了，感覺非常開心。她打算替他開個歡迎會，就預約了烤肉店，是對方幫她預約的。

三步到的時候，對方已經坐在位子上，他們視線相交，他跟以往一樣露出非常開心的滿面笑容。他們平常也傳簡訊講電話，但已經大約一年沒有見面了。三步也很開心，走過去就想施出手刀，幸好即時收手。**好危險，好像快染上某人的習慣了。**

三步害怕自己開始染上的習慣暫且不提，基本上一切都很順利。吃著美味的食物，互相交換近況，時間愉快地流逝。

三步甚至確信能夠一直度過這種悠閒的時光，所以她覺得瞪著人家講述自己戀愛觀這種丟臉的情況，原因都在對方身上，因為她覺得他們可以無話不談。

「說我沒有談戀愛的腦子？啥？只不過上次不太順利而已，我也是會談戀愛的女孩子啊！」

三步覺得開戰恐怕無可避免，緊握著免洗筷，準備要應戰。

「也好，這樣就不用顧忌，可以約三步出來玩了。太好了！」

對方看著三步的眼神，愉快地笑出來。

說得也是，三步鬆開了緊握的拳頭，她本來也就不是有了男朋友就疏遠男性友人的人，但人家可能會有所顧慮也說不定。能夠不用顧忌地一起玩讓三步很開心，但是這家伙差點就被她怨懟了。三步喝了一口啤酒。

「啊，對了三步——」

什麼？要是再說什麼不中聽的話，那就用啤酒代替毒霧噴他一臉，她可是曾經用水練習過。

「妳喜歡水族館嗎？我有前輩送的票，在這裡又沒有其他的朋友，三步有空的話要不要一起去呢？」

嚥下啤酒。

「要去要去，當然要去！」

只要聽到好消息，憤怒和懷疑就立刻一掃而空的傻三步。雖然話說出來的方式像是因為沒辦法才來約她，但三步一點也不介意。

他又露出愉快的表情，從公事包裡拿出記事本，開始討論已經成為三步生存希望的下次見面的話題。

在吃過烤肉的兩個星期之後，才有兩人都完全沒事的日子。

在這期間，三步惹前輩生氣、惹前輩生氣被前輩安慰等等諸如此類，雖然很沮喪，但仍舊非常期待這一天的到來。

集合地點是三步家附近的便利商店，他開車來。三步慢慢走到停車場，看見他叼著一根電子菸，茫然地站著，當發現她的到來，立刻就又露出跟平常一樣的笑容，舉手招呼。三步也揮了揮手快步走過來，他把電子菸收進口袋裡。

天氣已經入夏了，他卻仍舊穿著長袖襯衫，簡直像個大人物一樣。

三步思忖著，嘴角微微上揚。

他們打過招呼，坐進停在附近的車子裡，這好像是他因為工作需要而購入的中古車。三步覺得既然是中古車，那一定殘留著前任主人的靈魂。然而一坐上駕駛座旁邊的位子，撲面而來的是嶄新的氣息，冷氣也夠強，感覺很舒服。

「好乾淨喔——」
「雖然有點狹窄。」
「一定要載女朋友喔！」
「妳自己一坐上來就說這種話啊！」
他愉快地笑著說。
之前打電話的時候，三步得知他目前並沒有女朋友，便常常拿這個來取笑他，昨天也取笑過。這麼個乾淨清爽的普通男人，竟然沒有女朋友，可能是有著以友人的身分看不出來的巨大性格缺陷，這讓三步很擔心。
這麼說來這是第一次坐他開的車，握著方向盤會不會就變成猛獸呢？沒問題吧？這種擔心當然完全沒有意義，三十分鐘的車程平穩無事。
抵達目的地時，她剛好肚子餓到了顛峰。依照三步的意思他們打算吃飯，便去了水族館旁邊購物中心的家庭餐廳。
「好吃。」

她嚼著咖哩飯發表感想，對方又露出很愉快的表情，吃起小蛋糕。

他應該不餓吧，卻被迫陪著一起吃午餐，三步覺得有點不好意思。但是她忍不住肚子餓，至少控制住了沒點大份的，略表了沒有半點用處的心意。人家還笑著擔心三步的食慾：**「要好好吃飯喔！」**

三步對他的笑臉，心想：**這個人一定很受客戶歡迎吧**。他的笑容看起來總是像是真心為對方著想。

他看著三步吃完咖哩，招手叫來附近的店員，讓人送上三步的咖啡。店員詢問是不是可以收拾桌子，三步把咖哩飯的盤子和湯匙遞出去，他也說自己的餐點可以收走了，但三步看見他的盤子上還有十分之二的蛋糕。就算是三步也做不出叫住店員把蛋糕奪回來這種事，這點羞恥心她還是有的。

回想起來，吃烤肉的時候我也吃了很多啊！三步好像很稀奇似的這麼想著，事實上從大學時起就是這樣了。

「是不是在減肥啊？」

三步詢問對方。

「啊，對啊對啊，我在做百分之八十的減肥計畫，愛吃什麼都可以，但是一定要剩下兩成。」

他好像暴露了什麼尷尬的事情般地說道。

什麼莫名其妙的減肥法啊？三步心想。要是搞這種不知是真是假的減肥法，不如一開始就什麼都不吃還比較好。

從頭就知道不能百分之一百的享受，然後看著喜歡的東西剩下百分之二十，這種事三步是做不到的。**啊，但是喜歡的東西還是喜歡，要是否定那百分之八十的攝取，豈不是等於背叛了自己的愛嗎？**三步嘴裡嗯嗯啊啊地叨唸了半天，得出這樣的結論。

「那下次先把百分之二十給我。」

這樣就沒有人不開心了，她覺得簡直是妙策。

對方卻大笑起來，被笑讓三步有點不開心。

「真的是三步會有的想法啊！」

他的這一句話，讓三步的不開心完全煙消雲散了。

確實是自己會有的想法。朋友能夠理解自己，覺得這樣沒問題，對三步而言沒有比這更好的讚許了。

喝完咖啡他們起身離開，前往今日的目的地水族館。

今天是假日，途經的購物中心裡充滿了孩子們的喧鬧聲。

到達水族館進入館內，在櫃臺前排著隊，她問對方能不能先去一下洗手間，當然不可能被拒絕。等她去了回來，對方已經在櫃臺換好了入場券。三步心想果然洗手間是該先去的。

水族館裡人也不少，有闔家光臨，有情侶還有團體觀光客，大家都停在水槽前面，三步他們也排隊和大家一起輪流看水槽，同時注意不干擾到後面的人。三步覺得簡直像是飯店的早餐自助餐台一樣。

「好像機械化生產的產品一樣呢。」

他的想像還真是不太一樣。三步想了一下自己在工廠運輸帶上前進的樣子，贊同地對企鵝點了三次頭。他看見三步這個樣子又笑了。

隨著人潮走了一會兒，來到寬敞的通道，眼前是眾多魚類共生的隧道型大水槽。

三步輕輕地「嗚喔——」了一下，克制地發出感嘆的聲音。平常無法看到的生態系統，以人類的技術在這裡重現。像這樣來逛水族館，或是在電視上看見這樣的水槽，三步總想著地球這個星球也不過是個被什麼人控制的水槽，說不定隨時都有人在監視。

這麼一想，就發現自己失敗也可能被不知道什麼人看見，頓時覺得不好意思起來。

然而，同時也想到說不定也有不知道什麼人看見了自己的努力，喜歡上自己，讓她不禁懷抱著一絲希望。

三步簡直像是望著整個世界般的超然心情，沈默地走了一會兒，然後突然想起來似的往旁邊看去。對方並沒在看水槽，而是在看她。

幹，幹嘛啊？她心想。對方又露出了一貫的笑容。

「對不起，對不起。啊，只是覺得，三步跟剛認識的時候一模一樣，都沒有改變啊！」

「哎，吐槽我嗎？」

「不是喔！」

那是怎樣？**沒有改變，是什麼意思啊**？三步探詢他話中的含意，回想起剛認識他的情景。不是回憶，而是回想。

那是大學一年級的時候。他所選的課、打工的地方、甚至連年齡都跟三步不同，他們是在大學的食堂前面認識的。不是在食堂裡面，而是前面。當時三步還不確定大學食堂有些什麼菜單，為了讓今後的大學生活更加豐富，她仔細研究著食堂前面設置的大型菜單。那時她的集中力估計遠勝於未來四年間她必須經歷的各種考試時的發揮。最後她終於回過神來，打算伸懶腰的時候，右手不偏不倚地打中他的側腹。三步也覺得這種不打不相識的方式真是絕了。

當時她鞠躬低頭謝罪，心裡覺得要是以後可能還會在校園裡碰見，豈不是很尷尬。然而對方說：「**我並沒有生氣。**」後來他們聊著聊著，就變成朋友了。

言語所無法表達的種種經歷，可能是人和人成為朋友不可或缺的要素。三步腦中浮現古老諺語如謎一般的腔調想著。

走過大水槽，三步一面思考一面走在他前面。**自己沒有改變嗎**？不，她覺得自己變了，人都是會變的。雖然跟他認識才五六年，即便如此自己還是改變了吧。不只是年齡，當時不知道的各種事情像循環一樣慢慢滲入內部再流出來，改變了人格。外表也是，比起當時更需要化妝，也比較能客觀地審視自己。

但是覺得自己改變了，完全是三步的主觀。是外表看起來沒有改變嗎？還是他指的是靈魂層面呢？他是那種充滿靈性的人嗎？

他們走向深海魚的展示區，三步偷瞥他一眼，他還在看這邊。**這家伙是怎麼回事啊？他說別人沒有改變，那他自己呢？**三步暗忖著。

她覺得變了，他變了。

首先，她第一次看見他開車，然後就是他比以前更瘦，她不評論別人的價值觀，但他確實比當年還要瘦。根本沒有減肥的必要啊！那她的內心如何呢？三步也覺得已經改變了，雖然他對待她的態度跟當年並沒有不同，但三步覺得他也改變了吧！

亂七八糟地想著，三步覺得自己腦袋裡好像發出了砰的聲音。

「哎，不管怎樣都無所謂啦！」

三步看著擬態變色的小章魚說道。

他好像不明所以地把頭傾向一邊。

「不管變了，還是沒變。」

三步又加上一句。

「三步確實是這樣。」

他好像也很同意地說。

三步很介意他說「**三步**」，但卻沒有機會細問。

在那之後，兩人很開心地逛著水族館。三步看見最喜歡的水生生物巨螯蟹的水槽，哇地叫著上前，傻呼呼地盯著螃蟹看，水槽對面的小學生模仿她的樣子取笑她。自己無意間成了放假小朋友們的娛樂，讓三步不好意思起來。

他們倆在海豚表演區並肩吃著炸薯條，著迷地看著海豚們靈活精彩的動作，還替參加表演的小朋友們鼓掌。途中還說了：「**海豚們的工作時間多長啊，能不能得到合理的報酬呢？**」這種廢話。

她望向對方，驚訝地發現人家好像還在看她，三步嚇得把手上的炸薯條掉在他手錶上。但他知道三步就是這個樣子，並沒有生氣，只是默默地望著三步把薯條拿回來。

三步是真心單純地覺得非常開心，這樣的日子真好，她覺得對方一定也是這麼想的。

遲鈍的三步完全沒有察覺對方笑容的內面和心裡的念頭，只是直率地覺得高興，所以她會吃驚也不是沒有道理的。

海豚表演結束之後，他們倆暫時待在原處，等待人潮散去。

三步手裡轉著跟炸薯條一起買的保特瓶飲料。

「三步……謝謝妳今天跟我一起來。」

他慢慢地叫著她的名字說道。

「哎，嗯，什麼？」

是他有入場券才來約我的，為什麼要道謝呢？三步完全不明白，等著他繼續說下去。

他只笑了起來，但他的笑容看起來跟之前不一樣。

到底是怎麼回事啊？三步充滿疑問地揚起了嘴角。

他的笑容看起來不像是跟朋友一起很開心的那種笑容。

「那個……」

「哎。」

「沒有啦，突然說這種話，我自己也覺得有點那個。」

「什麼啊，好恐怖。」

三步直率的反應他卻沒有笑。

「從上次見面時開始……」

哎，什麼啊？

「不對，其實是從很久以前開始。」

什麼什麼。

「我想著，總有一天不說不行。」

他好像想說什麼重要的事情。

突然的事態發展，三步目瞪口呆地望著他嚴肅的面孔。

「我有話必須跟三步妳說。」

「…………」

三步嘴都合不攏，心想：**哎，告白嗎**？

難道我要被人告白了嗎？多年老友單方面抱著愛慕的心思，但自己卻一直沒察覺的那種？不對，我不是那種類型啊？我是那種會被人家說，越瞭解越不會想交往的類型啊？要是認真這麼說的話，我自己也會檢討的，畢竟已經做了這麼久的朋友了。

這個時候，三步在很難得動得很快的腦子裡任意胡思亂想，因此沒能聽到他接下來要說的話。因為在離他們非常近的地方，有大人的怒吼聲，蓋住了他說的話。

突然響起的巨大聲響嚇得三步抖了一下，她立刻轉向聲音的方向，看見被大人罵的小男生哭起來了。雖然嚇了一跳，但仔細看看是因為小朋友亂跑，撞上了嬰兒車，所以才被大人罵。明白了事情的原由後，她便安心了。

突然間，被人抓住了手腕，讓三步比剛才還要驚嚇。

「呀！」

她不由得叫出聲來，望向手腕。看見握住自己皮下脂肪豐富、看起來好像很好吃的手腕的那隻手的主人，讓她鬆了一口氣，但卻充滿了疑問。

「怎，怎麼啦？」

握住三步手腕的是剛才露出複雜笑容的人，所以她雖然放下了心，卻覺得很不可思議。

三步的疑問只讓對方睜大眼睛，望著聲音的來處，簡直像是沒有聽到三步說的話一樣，毫無反應。握著手腕的力道越來越強，痛楚慢慢從手腕傳到腦子。他毫無反應的樣子，顯然事情非比尋常，這連三步也明白。

三步終於想到要先讓對方知道自己的手腕被他抓住了，要請他先鬆手，不然手會斷掉吧！她得想辦法解決才行。

要是大聲喊叫會讓周圍的人陷入慌亂也未可知，她覺得對方並不希望這樣，雖然不知道他到底心裡有什麼事。

不需要出什麼聲音，看起來像是朋友間玩鬧，而且能讓他清醒過來的，攻擊。

很好，就這樣。吃我一掌。

「喲喝！」

三步毫不客氣地朝他的腦袋劈了一掌，她手臂使上了勁。

「痛——」

對方叫了一聲，低下頭放開了抓住三步手腕的手。這比三步平常承受的劈掌威力顯然強了七八倍（她誇張了），似乎很有效果。

三步手腕不痛了，稍微安心下來，低頭一看好像被指甲抓傷了，手腕上留下了痕跡。但她並不生氣，只是感到困惑。

「沒，沒事吧？」

她問道。對方慢慢地望著三步的眼睛，然後看向她的手腕，好像才終於發現自己做了什麼似的，表情都扭曲了。

「不用道歉沒關係。」

三步知道他接下來要說什麼，便搶著先說。

「對，對不起……」

「我說了等於白說啊！不對，總之，我們先出去好嗎？」

對方點點頭。

「站得起來嗎？」

三步問他，他再度點頭，三步握著他的手把他拉了起來。

幸好海豚表演是水族館最後一個區域，只要不沿著接下來的動線走，就可以立刻離開水族館。

這次三步抓住他的手腕，或者該說把手放在他手腕上，一起往前走。一路上他說了好些沒必要的話，一直在道歉，三步就一直回道：「沒關係。」

走到外面，三步拉他到沒什麼人的停車場旁邊的公園，讓他在亭子下的長凳坐下，衝去買了水遞給他，他又跟三步道歉。

「不要再說了啦！在你平靜下來之前，不要說話。」

她把自己當成騎兵隊長似的用強硬的腔調說道。他終於安靜下來喝水，深呼吸了一下。

三步在他旁邊坐下，然後等待著，她打算一直等下去。事情發展得太快，她自己也需要平復一下心情。

終於，他開口叫了三步的名字。

「三步。」

「嗯。」

「對不起。」

都已經說了不用道歉了，這家伙真是的。她正打算再勸他的時候，他又突然開口說話。

「我說了謊。」

「咦？」

「對不起。」

三步無法明白對話的走向，也不知道他說的話是什麼意思。

「怎麼回事啊？」

三步理所當然的問題他回答了，只不過沒有朝向三步的方向發展。

「我對三步說謊了。」

三步心想：**什麼謊啊？**

「什麼啊？」

她又反問。但是他沒有回答，什麼也沒說，什麼也沒說。

既然都已經問了，人家也不回答，三步接下來也不能再說什麼，只好沈默下來。他直直望著前方，三步則望著他，就這樣僵持了一會兒。

她可以一直等到他願意開口為止，只不過，等待這種狀態在她看來跟脅迫是很相似的。自己忍耐，對方也被迫忍耐，這可能也算是勇氣的一種。但這樣說來的話，三步是很怯懦的。

「不想說的話就算了。」

三步先開了口，說不出話來的他顯得很懦弱。

「…………不是，」

三步吞嚥了一下口水等待下文。

「我一直覺得，非說不可。」

這句話才終於讓三步發覺，他是打算繼續剛才的話題。當然，從他的表情也看得出那並不是愛的告白之類的內容，就算是三步也明白。

他終於告訴她了——在沒有跟三步見面的這一年之間，發生了什麼事。進入社會，因為人際關係深深受到傷害的事；小時候的創傷和家裡的事情；聽到別人大喊大叫就會陷入恐慌。然後——

「我試圖自殺。」

他隱瞞的那些事情，三步要一下子完全理解是有些困難，他卻一直喋喋不休地說著。

三步心想：**他為什麼突然決定說這些**？但從傾聽別人心情的立場看來，總是突如其來的。

他說，自己因為工作被調到三步所在的城鎮也是謊言。

「我是打算自殺的，但是失敗了。」

都已經是過去的事了，沒成功真是太好了。三步撫著胸口安慰自己。

「我本來想再試一次，這次要用確實的方法，然後突然想起了三步。想再見妳一面，就跟妳聯絡了。我不想讓妳擔心，所以說了謊。但是，說了謊，或者該說，跟三步說了謊，反而牽連到妳了，真的對不起。」

他話說得七零八落，但是三步明白。

這種時候，會有立刻知道該怎麼回答的人吧！但三步是不明白的，只好順著他說話的順序設法釐清。

三步並沒有想自己為什麼沒有注意到他不對勁，畢竟今天跟之前跟沒見面的一年之間，傳簡訊打電話的時候，他完全沒提到這些事情，她當然不可能察覺。

話說回來，她怎麼會想到自己的朋友想死呢？

只不過，知道他刻意隱藏不表露出來，讓她心臟都揪在一起了。他還笑著跟她說話，她腦子都糊了。

在此之前，他也有想要坦白的瞬間，想要人安慰的瞬間吧，但是他都忍住了。想到朋友忍耐了多久，她肚子都痛了起來。

他好像也不知道該說些什麼了，一直保持沈默。

三步能想像對他這樣的人該說些什麼，但那一定是三步到此之前的人生之中，有知道這種場合該說什麼話的知識。這並不是自己對傷心痛苦的朋友真正想說的話，所以她什麼都沒有說。

突然之間，世界似乎毫無必要地變得袤廣了，她覺得自己微不足道。烏鴉的叫聲傳來。

他果然還是一言不發。

因此三步有時間慢慢整理自己的心境，雖然不擅長，但她還是能把自己心裡想說的話告訴他。

「……那個，」

三步輕輕地張開嘴，像是在這廣大的世界中只讓他聽到，不讓聲音逃到任何地方似的。

「想死也沒關係喔！」

三步不等他反應，繼續說道。

心裡只想著重要的朋友，世界就這樣狹小。

「我不明白你的痛苦，所以要是真的覺得沒辦法忍耐下去，那死也沒關係的，我不會阻止你。我既然不明白你的痛苦，就不能決定說你不能死，因為這是你的人生。」

覺得誠實是美德的三步已經不在了，從小孩成長到大人的途中不知不覺就沒了。三步覺得就算醜惡也無所謂，對他說了老實話。

「不管變成什麼樣子都沒關係。不管你多麼悽慘，不管你是不是一無所有，就算你死了，至少喜歡你的我還是存在的。所以我希望你能安心，好好活下去。」

三步聽到他緊握保特瓶的聲音。

「就是，這樣啦。」

要是她能更能言善道，要是她能多說一點鼓勵他的話就好了。但不管怎麼樣，這就是三步。

在那之後，他們並沒說什麼特別有意義的話，時間就這樣流逝了。

就在某一刻，他突然開口說：「回去吧。」

三步並沒有反對，他身體狀況好像沒問題了。

他坐進駕駛座，三步也坐到他旁邊，讓他送自己回家。

最後她在自家面前聽到對方跟她道謝，雖然心想這要是他最後的感謝可怎麼辦，但三步仍然什麼也沒說。

三步自己一個人回到家，跟平常一樣該做什麼就做什麼，但到了晚上，她一個人躲進被窩裡，偷偷地哭了。

他辭職了。

好像搬到遙遠的祖父母家住了一陣子。

三步今天也在圖書館上班，雖然被人責罵，雖然受了傷，但仍舊精神飽滿地工作著。

或許有一天，她能明白他的心情。但是一面想像他的心情一面活下去，這對三步來說，太困難了。她只能在自己內心這個狹小的世界盡全力活著，這是她唯一能做的事。

她也希望他暫時不要去想那個袤廣的世界，只要為自己而活就好。

過了一段時日，收到他近況報告和道歉的訊息時，三步只回了一句話。

『下次，把那百分之二十給我。』

麥本三步喜歡波本點心

麥本三步基本上過著卡路里過剩的生活，所以她也覺得自己身上當然有不少脂肪。但不知是穿衣服顯瘦還是代謝功能好，她光是靠平常走路和做一點伸展運動，就從來沒有胖過。

這也並不盡然是件好事，女前輩們就常常說：「三步怎麼吃都不會胖啊！」這種她不知道該怎麼回答才好的話語，總讓她手足無措。

大學開始放暑假了，在完全的休假日且圖書館也關閉的那天傍晚，三步為了攝取過剩的卡路里，走路四十分鐘到離家很遠的超市。雖然有點遠，但那裡的天花板很高她很喜歡。既然這麼遠那為什麼不騎自行車？朋友們不時這麼問。快點到達並不是一切，沒錯，她不太會騎自行車。

自動門打開，三步拿了一個購物籃，走向賣點心零食的角落。今天是因為家裡的零食盒空了，才特地來補充存貨的。被形形色色的點心零食包圍，三步感到說不出的幸福。

糖分、油脂、糖分、油脂。聽起來很糟糕，但好吃的東西不可能對身體有害的，今天晚上也決定攝取卡路里嗨起來。

三步很快拿起最喜歡的奶油蛋糕卷。白色奶油和小蛋糕卷合體這種好像禁忌黑魔術的組合，想像那種兇惡的美味，三步就覺得快要昏倒了。光是想著咬下的瞬間，她簡直要升天了。

既然要買甜的點心，那當然也要有鹹的，是吧。不知怎地，她在心裡用大小姐般的口氣巡視貨架，眼光卻掃到一位走過零食區的女性。

「嗚哇——」

要是沒叫出來就好了，但對方已經發現三步，揚起眉頭。

「喔喔，三步，妳在嗚哇什麼啊！」

「對，對『八』起，」

她想道歉卻又咬到了舌頭。

三步背上冷汗涔涔，她沒出聲，但是腦袋裡全是：**嗚哇、真的假的、騙人的吧**！等等的台詞。

這並不是要貶低對方。對了，就像是小學放學途中碰到很嚇人的狗狗的時候，心裡會發出的聲音。要是有人說這就是貶低，三步沒辦法反駁。事實上，每次被罵的時候，她都會在心裡吐舌頭說：**我會注意的啦！**

即便如此，三步的天敵——這位圖書館的可怕前輩——仍舊一手拎著購物籃走過來。

「您，您好，今天天氣真不錯。」

「不用這麼正式啦！三步妳不是住在附近吧？」

前輩自然知道三步住在哪裡。

「因為很高。」

她只好說明為什麼從家裡走四十分鐘到這裡來的原因。

「價錢很高的話就不要來啊！」

「天花板。」

「這是什麼倒敘法啊！這算什麼理由？」

她對關心後進一一吐槽的可怕前輩，報以介於普通笑聲和諂媚笑聲之間的嘿嘿一笑。

三步不知該往哪兒看，一眼瞥到前輩的購物籃，裡面有兩片白肉魚。

「煮魚……」

她不由得就把腦中的想法說出口了，雖然已經後悔，但她的聲音和話中含意都已經被對方聽去了。

「啊啊，是鰈魚。三步又想吃好像對身體不好的東西嗎？」

「有種說法是人都有活下去的本能，所以覺得好吃的東西，對身體一定是好的。」

「哪有這種事。」

前輩斷然否認。

三步自然無法反駁。自己本來就是在胡說八道，所以完全不想聽到毫無意義正經八百的論點。

「對對，本來想煮魚的，但忘記今天不需要料理那麼多菜，正想放回去。三步要不要？」

「嗯——，不，不用了。雖然我很想吃，但我沒有煮魚的科技。」

三步煩惱了一下，想起自己其實不會做煮魚，便拼命搖頭。

「咦，連鍋子也沒有嗎？」

「不是，是我沒有。」

「那應該說技術吧！妳是機器人嗎？」

果然是關心後進一一吐槽的可怕前輩，她把自己籃子裡的鰈魚拿起來看了半天，然後好像突然想起了什麼似的稍微睜開了眼睛。

「三步啊，要吃煮魚嗎？」

「不，啊，那個我不會做啊」

「嗯，所以，問妳要不要吃我做的。」

「哎？」

這是什麼意思啊？

「嗯，這裡離我家很近，就在旁邊。我做煮魚，妳要吃嗎？」

這是用溫柔的餌食引她上鉤嗎？不管怎樣，三步像是要用頭撞人似的對前輩用力點頭。

「吃，我要吃。」

她想來想去，當然也考慮了前輩有多嚇人以及自己有多怕生，但三步的腦子裡食慾這輛推土機把這些念頭全部剷除了。

店裡做的料理跟自己煮的東西都很好吃，但別人做的菜完全是別種類型。只有被選中的人才能吃到的親手料理，通常獨居的三步很難享受得到，因此她絕對不可能放棄這種珍貴的機會。

「那就再做一道菜吧！三步，妳想吃什麼？」

「只，只要是前輩做的，什麼都好。」

我是可愛的學妹女友嗎？三步在心中吐槽自己。

「真的嘛？哎——，這麼說來我是第一次讓別人吃我做的菜，好緊張啊！」

前輩不好意思地微笑起來，朝生鮮食品的賣場走去。

跟平常不一樣的話語和可愛的表情完全把三步打敗了。**咦，這個人是我的女朋友嗎？**她迷糊地追上去。

「對了，待會回去的時候我騎機車載妳。」

啊，錯了，這個人果然是我男朋友吧！

「前——輩——」

「幹什麼，噁心死了。」

「對，對不起。」

三步心中啟動的最喜歡前輩的學妹角色，慘遭一擊必殺。

可怕的前輩拿起豬肉絲放進購物籃裡。

☼ ☼ ☼

可怕的前輩家果然就在超市旁邊，走一下就到了。

她背著裝滿了零食的托特包，替前輩拎了一個袋子，走了大概五分鐘。

當走進豪華大廈漂亮的大門，她的小心肝怦怦跳著，進入電梯時和推著嬰兒車的媽媽擦身而過，到了八樓打開邊間的門走進去。

三步嘴裡不禁吐出了剛才如鯁在喉的話。

「前，前輩的職位薪水是不是我的三倍啊？」

「很可惜不是，這裡的房租是兩個人分擔，所以也沒那麼貴。」

「什麼啊！」

真可惜——。咦，兩個人？

「您不是一個人住啊？」

打攪了。三步話聲才落，可怕的前輩頭也沒回，沿著走廊繼續走向客廳，途中順手關上右邊房間的門。

「兩個人喔！」

前輩不經意地回答。三步腳下只有自己和前輩的鞋子。走進客廳，房間非常整潔，但確實有跟可怕前輩不同的人的味道。三步自己也說不清楚，總之，就是跟可怕前輩不同的味道。

她想到可怕前輩既不是自己的女朋友，也不是男朋友。

三步借用盥洗室洗手。這裡也非常乾淨，洗面台上排列著護膚用品，漱口杯裡有顏色不同的牙刷。

三步洗完手回到客廳，想起自己有話忘了說。

「唉喲——」

「啥？」

「沒有，對『八』起，不小心。」

三步從盥洗室洗手漱口之後，鼓起勇氣說了應該要說但其實也沒有必要說的話——詢問可怕前輩有沒有什麼需要幫忙的？但可能是她平常的工作表現太差，還是前輩覺得她是客人應該招呼她，只讓她去坐在客廳的四人座桌子旁邊。

「妳要看電視什麼的都可以。」

什麼的？還有其他什麼的可看嗎？像是前輩的背影？

這麼說來，在這個階段是不是該說點什麼話。

「真，真的可以留下來吃飯嗎？」

「已經煮了兩人份的飯了，沒問題的。是說妳現在問不嫌太遲了嗎？」

本來以為前輩會放過她的，結果還是被吐槽了。

「對，對不起。」

三步一面道歉，一面覺得鬆了一口氣。當然她並不想人家生她的氣，真的不是那樣的。

雖然當班日子跟可怕前輩不重複的話，她確實覺得很輕鬆。啊啊，想起上次被罵的事情心臟都揪了起來。老大跟她說，希望她能成為讓圖書館的客人信賴的員工，所以三步跟來借小說的小朋友極力推薦同一作者的作品，結果讓櫃臺處理業務的速度下降到只有五分之一。

她看著傍晚的新聞節目，廚房一直傳來炒菜的聲音，還有醬油的香味，三步不由得「哇！」地叫起來。

「怎麼啦？」

人家問她，但她啥也沒做不知道該如何回答。

在三步煩惱如何作答的期間，前輩似乎仍在繼續做菜，瓶罐碰撞的聲音，沙沙切包心菜的聲音，最後還傳來味噌湯的香味。

我們果然是新婚夫婦啊！三步腦子又錯亂了，她錯亂得差點順勢想呼喊前輩的名字，但還是忍住了。**既然是新婚，應該不會被罵吧？**

當三步正在跟越是好奇越想試試看的惡魔奮戰時，菜已經上桌了。

「我來幫忙。」

三步說，前輩拒絕了。**是因為她是客人嗎？**她只好繼續悠閒地坐著。眼前擺上了沙拉、薑燒豬肉絲、白飯、味噌湯，還有煮鰈魚。

「粗茶淡飯不好意思。」

可怕前輩說出這種話，讓三步打心底覺得不是這樣的，她誠心誠意地表示感謝。

「我餓了。」

啊，說錯了。

「可以添飯了喔！」

可怕的前輩說著，並遞給她保特瓶的茶和杯子。

敬慈悲為懷的前輩一杯，我開動了。

她誠心誠意地雙手合十，每一道菜都美味極了。

晚飯後，她擺出朕滿足了的樣子往後靠，做了好吃飯菜的可怕前輩還泡了咖啡，讓她差點說出：**辛苦了**。幸好即時煞住。

「太『乾』——謝了。」

三步回復平民的心態說道。平民必須對偉人呈上貢品，於是她從托特包裡拿出點心，獻給坐在對面的前輩。

「如果可以的話，用這些當點心吧！」

「妳買了這麼多啊！」

「各種甜點和鹹點一應俱全。」

可怕前輩很佩服般地把每個袋子和盒子都拿起來看，好像平常自己不買點心零食似的。蛋糕卷、長條夾心餅乾、米花條、乳酪小餅、小米果、最後還有巧克力夾心蛋糕。

這次三步買的零食，主題是——

「全部都是波本點心[5]啊！」

「答對了。」

她不由得拍起手來，前輩卻露出意味深長的微笑。

難，難道她是森永派的嗎？兩家她都喜歡，要是可怕前輩說波本點心的壞話，三步也無法捨棄。就算對方是做了好吃晚餐的可怕前輩，她也得為了波本點心奮戰。當然以上全都是三步自己想太多了。

「巧克力夾心蛋糕這種，小時候覺得簡直是超級好吃的。」

「形狀也像蛋糕啊！」

「巧克力餅乾不是只有藍色盒子的。」

「今天有大人的氛圍，所以是黑色的。」

「這一塊有六十八大卡路里吧！」

「奶油蛋糕卷是世界上最好吃的點心，所以這也是沒辦法的事情。」

三步堅決地說道。可怕的前輩嘻嘻笑起來，她安心了。

「您隨便挑喜歡的。」

三步勸道。

5 ブルボン（BOURBON），是日本國內頗具知名的零食製造商之一，生產許多暢銷達四十年以上，價格合理又具高級感的餅乾，也深受台灣人喜歡。

「那就選世界上最好吃的吧！」

前輩一面說著，一面拿起奶油蛋糕卷的袋子打開。

有人選了自己喜歡的東西真讓人開心。

「那我也吃奶油蛋糕卷吧！」

三步說道。前輩從袋子裡拿出兩個個別包裝的蛋糕卷，遞給了她一個。

「喔——，好久沒吃了，真好吃。」

「每天吃也還是好吃的。」

「有人說過，這個在休息室馬上就會被吃光。」

「果然大家都覺得好吃吧！」

三步像是吹口哨似的噘起嘴，但卻沒有音調只有呼呼聲。她本來以為這可以搞笑緩和氣氛，但現實可沒有奶油蛋糕卷那麼甜美。

可怕前輩的臉色跟蛋糕卷一樣毫無波動，三步噘著嘴好像要親親一樣，立刻想找個地洞鑽進去。

「三步喜歡波本公司的點心嗎？」

「對，對啊。」

在地上出現一個洞被幹掉之前，可怕前輩提供了話題，救了她一命，地板也保住了一條小命，嘿嘿嘿。

「我不是波本點心主義啦！只不過像是排名的勢力比拼時，我覺得波本是在自己心裡天下第一武道會團體戰裡，得勝的可能性比較高那樣。」

「妳在說什麼啊？」

「我也不知道。」

其實說到一半她也糊塗了，就老實地這樣回答。

可怕的前輩這次笑了。既然人家笑了，那就算不知道在說什麼，也算得救了，像是地板之類的。

吃完奶油蛋糕卷，兩個人接著吃大受歡迎的長條夾心餅乾。

「這個絕對會掉屑屑的。」

可怕前輩這麼說。

三步提議了一個從漫畫裡看到的辦法，說可以一邊吸氣一邊吃，兩人便一起挑戰。

「哪能這樣啊！」

可怕的前輩中途就這麼說，接著放棄了比賽。

三步則繼續鼓起勇氣，結果嗆到了，反而把屑屑噴得到處都是。

吃著香香脆脆軟軟甜甜的各種點心，天南地北地瞎聊，時間很快就過去了，咖啡也不知不覺間喝完了。

「啊，要不要再來一杯？」

三步雖然想再來一杯，但突然看見牆上掛著的時鐘。

「時間不會太晚嗎？」

「三步沒問題的話完全沒關係。」

「您先生？男朋友？是不是要回來了。」

「啊，今天應該不會回來了，所以沒關係。」

既然如此，三步就又要了一杯咖啡。

可怕的前輩用自嘲的口氣說：「應該不會回來了。」但三步也明白人人都有自己的隱情，所以她什麼也沒說，就順著前輩的意思續了杯。

前輩泡的咖啡非常地香，這種不可能跟點心不搭配的，她又伸手去拿奶油蛋糕卷。三步分明過著非常幸福的時光。

「三步，妳不再交個男朋友嗎？」

突然急轉彎肯定導致車禍的質問，讓三步差點把咖啡噴出來，事實上，也確實從嘴裡溢出了一點。

她急忙用舌頭舔了一下。總之，先不喝咖啡改喝茶。

「沒，沒有啊，怎麼這樣問呢？」

「在圖書館工作很難認識什麼人吧！」

「是這樣，啦！」

一講到自己的事情，三步就舌頭打結。總之，三十六計走為上策。

「前，前輩是怎樣認識對象的呢？」

「我們是同鄉。」

三步本來以為前輩不會正面回答的，沒想到立刻得到了答案。三步感受到可怕前輩是成熟的大人，自己根本比不上。

「前輩是哪裡人啊？」

可怕前輩也立刻說了縣名。原來如此！三步思考那個縣的相關資訊，然而，一時之間什麼也想不出來。她沒有去過那裡，恐怕也不是很繁華的地方，只知道說方言的演藝人員好像也是那裡出身的。

「哎，啊，那裡有什麼名產呢？」

「對了，比方說，這個？」

前輩指著桌上的奶油蛋糕卷。咦？什麼？奶油蛋糕卷？那裡有奶油蛋糕卷的樹嗎？如果是的話，她想搬去那裡住。

可怕的前輩好像發現三步仍舊不知所措，她用很輕鬆的表情說明。

「哎，就是波本點心總公司的所在地啊！」

「咦——！原來是這樣啊！」

三步毫不掩飾驚訝。可怕前輩也露出吃驚的樣子。

「我以為妳一定知道的。」

可怕前輩的表情比平常豐富，這下子從驚訝轉變成壞心眼促狹的樣子。

「連基本情報都不知道，三步的愛真令人懷疑喔！」

可怕的前輩一定是想逗著三步玩，故意這樣欺負她。要是厲害的學妹現在就應該說：「**真是的！**」然後嘟起嘴來生氣，最後一定可以跟前輩撒嬌親熱。

但是我們不能忘記，三步一點也不成熟。

「我是真愛。」

有人質疑她對自己喜歡的東西的愛，讓她一肚子不高興。她選擇的話語和腔調都不對，但是三步並沒有改正，繼續對著可怕的前輩大放厥詞。

「就算不知道總公司在哪裡，我還是打心底愛著波本的點心，我每天都感謝製造出這麼美味點心的人。知道多少，或者是有多瞭解，的確是愛的形式。但是我的愛是除了知識和情報之外，確實存在於心裡的，我覺得誰都不能否認我的心意。對，我好像很了不起地大聲說話，不好意思。我現在正在反省自己胡說八道了，對不起，請原諒我吧！」

大聲說愛讓三步感到羞恥，半途發現對方並沒有挑釁的意思，自己反而先激動了起來。她的聲音越變越小，最後沒聲了，同時也垂下視線，低著頭望著桌子的木紋。腦袋裡全是，反省反省反省。

前輩做了好吃的料理請她吃，她還對人家說教，簡直是瘋了！

現在地板上要是開了個洞，三步決定一定要跳下去。

「對不……」

三步想開口道歉，可怕前輩的話阻止了三步。她望向前輩，對方臉上露出尷尬的神情，她第一次見到這樣的表情。

「對，嗯，我說錯話了，真的對不起。」

「不，那個，不用道歉，我才是。」

沒想到可怕前輩竟然會對三步的胡說八道道歉，表情還這麼溫和謙遜。

三步驚慌失措，說不出話來，繼續手足無措。

她和前輩四目相交，不知怎地，兩個人都苦笑起來。三步覺得簡直像是情侶吵架然後和好一樣的場面，這樣的話只有兩個選擇，一是和好如初，要不就是分手。

咦，可怕的前輩果然是我的戀人嗎？三步又又又錯亂了。

可怕前輩可能是想要轉換氣氛，喝了一口咖啡，然後開始講起一些比較私人的話題。但既然可怕的前輩特別只跟三步一個人說，詳細情況就省略不提了。

總之，前輩講了最近發生的各種大人的事情，那跟剛才提到的波本點心有一點關連。

對方的事情不知道就不害怕，但卻還是有害怕的時候，像這樣的關連。

三步在同居人不回來的屋子裡，傾聽可怕前輩說的話，直到咖啡冷卻為止。正如俗語所說，風波過後感情會更穩固，人和人之間經歷過某些摩擦之後，關係會變得親密吧！

從那天之後，三步覺得自己跟可怕前輩之間的距離縮短了，就像是可怕前輩表面最可怕的部分消失了一樣。

三步心想：**差不多得把腦子裡叫她的綽號改掉了吧！嘻嘻嘻。**她是這麼想的，然而——

「三步——」

到了圖書館才剛開始工作，休息室裡就響起剛剛好不會被外面聽到的叱呵聲。被罵的當然是三步，她站著動也不動，等待被訓斥。

哇啦哇啦哇啦哇啦哇啦哇啦哇啦哇啦哇啦！要是漫畫的話，畫面上一定塗滿了這樣的文字，三步一面想像一面挨罵。

「既然不記得，就先問別人再下判斷。是說，妳應該要記住的。」

您難道不明白知識並不是最重要的嗎！她心裡這麼想著，但估計全都寫在臉上了。

「工作和愛情是不一樣的，規矩跟波本點心也不一樣。」

三步覺得好像真的有人用釘子扎進她腦袋裡一樣。

然而，不屈服於這種疼痛是三步的長處也是短處。

用不著這麼生氣嘛！其實三步也沒注意到自己仰慕可怕的前輩，而且有點小看人家。三步在腦袋裡吐舌頭，打算繼續回去工作。

「啊，三步，妳那是什麼表情啊！」

「沒，沒有啦！」

她本來只打算在腦袋裡吐舌頭的，結果真的吐了，沒想到可怕前輩突然轉過身來，被人家看個正著。簡直跟傻子一樣，三步狼狽萬分。

真是的，女孩子也有不能被人家看見的時候啊！她在腦中召喚撒嬌的學妹，免於自我崩壞。**好危險好危險。**

可怕前輩不知道是不是還在生氣？她提心吊膽地等著，前輩卻指向休息室角落的流理台。

「我補貨了。」

不知怎地，前輩好像有點害羞地說完，走回櫃臺去工作。

怎麼回事啊？三步走向前輩所指的方向，然後「喔喔——」地小聲叫起來。流理台上放置的點心籃裡，堆滿了奶油蛋糕卷，三步從沒見過這麼多。她望向休息室門口，再望向點心籃，又望向門口。腦中浮現可怕前輩一上班就立刻，不對，可能是一口氣就把籃子裝滿了。

然後剛才那種害羞的表情——。瞬間可怕的前輩在腦中轉變成可愛的前輩，只有一個字不同，所以立刻轉換成功。

啊啊，為了我做了這麼多。傲慢的三步心想，然後朝籃子伸出手。

「當然是晚點再吃啊！」

「好！」

魔鬼教官的怒吼從背後傳來，三步反射性地挺直了背脊，急急忙忙從休息室走出來，跟可怕的前輩並肩站在櫃臺後。

什麼事也沒有，是來看熱鬧的嗎？太不講理了！職場暴力！分明是妳自己設下的陷阱，真是壞心眼！三步又在心裡反抗起可怕的前輩。雖然心裡反抗，但三步也是進入社會的人，當然知道前輩沒有把她當小孩生她的氣，是因為前輩比一般人更加平等地看待三步。

但這跟她想不想被人家罵是兩回事啊！

可怕的前輩消失在閱覽室的方向，三步完全不掩飾不滿的表情，把櫃臺上歸還的借閱書籍放到歸架用的小車上。她發現坐在附近工作的古怪前輩和溫和前輩望向這裡，而她們的視線讓三步不寒而慄。

「有，有什麼事嗎？」

兩位前輩並不回答三步的問題，反而互望了一眼。

「不管什麼時候看都非常有趣呢！」

「就是——，好羨慕小三步跟那個孩子啊！」

兩人悄悄說了一會兒，繼續工作。

啥？古怪的前輩說古怪的話也就罷了，連溫和的前輩都在說些什麼啊？三步雖然想問，但有客人來了她必須招呼，過了一會兒也就把這件事拋在了腦後。

工作完成之後，三步跟可怕的前輩愉快地一起吃著奶油蛋糕卷。她忘了報告工作上重要的大事，於是又被罵了。

無論何時，什麼事情都不厭其煩地關照後進的可怕前輩，讓三步沮喪了一會兒。然後立刻在前輩看不到的地方，做出可愛學妹犯了可愛錯誤的樣子，吐了吐舌頭。

麥本三步喜歡魔女宅急便

麥本三步醉了。

自從滿了二十歲之後，不對，要是嚴格說滿了二十歲才開始喝酒是騙人的，但三步在差不多那個年紀就開始喝酒了，所以聚餐什麼的也會喝醉。

這次不是要談酒的話題，而是跟酒精一樣讓她沈醉的東西。

那就是，她自己。

到底在說什麼？要是有人說明的話，到底有多少人聽得懂也是個未知數。反正連三步自己也不明白，所以其他人不明白也是無可奈何的。

三步讓三步沈醉。更確切一點說，三步會為像三步而沈醉。

契機和導火線是什麼三步也不明白，不僅如此，三步甚至不知道自己醉了。只不過三步為三步沈醉的時候，一定會有人同樣頻繁地跟她這麼說：

「真像三步啊！」

不管是被取笑，或是讓人高興，還是被人當成傻子，大家都異口同聲地每天這麼說的話，那就要留心了。三步開始為三步而沈醉。

她不自覺地扮演著三步這個角色，比平常更能吃、更會笑、更會咬到舌頭、更會掉東西。不對，最後兩者說是像三步的話，那其實不是她情願的。

既然是不自覺，那三步自己當然並沒有發現，別人也不會發現。因為醉了的三步並不會比平常更纏人或是哭叫之類的，不會比平常有更嚴重的危害。只不過如果有人覺得這是危害的話，那宿醉的三步更應該要注意了。

由於三步並沒有為自己沈醉的自覺，只有早上起床的瞬間，會有奇特的倦怠感。分明是跟平常並無不同的日子，卻不能允許自己跟平常一樣，要是讓別人看見同樣的三步那實在太沒意思了。

不知怎地，這種奇妙的使命感一擁而上，她會梳個跟平常不一樣的髮型，化跟平常不一樣的妝，穿上在朋友開玩笑時送的情趣內褲；到這裡都算好。三步就算塗著濃一點的口紅，或是腰上繫著細繩，別人也不會知道。

三步的宿醉是跟人碰面之後才開始的。

「早啊，喔，妳的臉怎麼回事啊？」

去上班的三步在置物櫃前把圍裙的帶子繫在背後，總是一本正經走進來的可怕前輩看見她，誇張地把身子往後仰。

「嘻嘻嘻，大紅色的口紅啊！偶爾這種也很不錯喔！」

Kissme Ferme Shiny Rouge，稅前九百日圓。很久以前，在電視上看到非常喜歡的〈魔女宅急便〉之後，第二天就一時興起買了。

「妳這是受了什麼刺激嗎？」

可怕前輩略為驚訝地問道，她走到三步旁邊要打開自己的置物櫃。

三步輕輕伸手按住前輩的櫃門。

「前輩，多理我一下嘛！」

「閃開！」

是該說活該還是什麼，三步當然被捏住了面頰。

「嗚啊——」

雖然並不痛，但面頰被拉扯了，跟紅色口紅可不相配。

「那我先去，在外面等您。嘻嘻。」

三步特意嬌媚地說完，便走出了更衣室。

「下次擰耳朵了喔！」

她假裝沒聽到前輩在背後這麼說。

三步從員工專用的休息室走向開館前安靜的櫃臺，已經有好幾位前輩在那裡聊天了，大家看見三步都嚇了一跳。

「大家早安，今日好啊！」

三步招呼道。人人面面相覷，櫃臺後面瀰漫著不知如何是好的氛圍。

「喂，COS凡爾賽玫瑰嗎？」

長官突然出現說了這句話，不啻救世主再世。除了三步之外，大家都露出如釋重負的表情。

「不管COS什麼角色，不可以把口紅弄到圖書館的東西上喔！」

「當然不會的啊——！今日的三步可是不一樣的，叫我令人畏懼的女人也可以喔！」

「那是千面女郎吧！妳打算這樣招呼來圖書館的客人嗎？」

「不，不是，怎麼『毀』。」

就算是宿醉的三步也沒膽量對抗可怕的前輩，即便有想展示全新自我的欲望，也不值得跟前輩硬來。

為了逃避長官的視線，噠噠噠地快步走向樓梯上樓，她很認真地執行開燈的任務。同時也不忘了維持優雅的風度，五步就跳一下，當然她誤會了優雅的意思。

日光燈照亮了圖書館，她將圖書檢索用的電腦插上電源，回到一樓。開館作業是分配制的，大家紛紛在閱覽室放置早報、打開聊天室和開架書庫的門等等，於圖書館不同的地方忙碌著。櫃臺只有面帶穩重微笑的老大和溫和的前輩，後者可能是剛到，正一面繫圍裙一面看著電腦畫面說話。

三步好像看到獵物般地走近，兩人聽到腳步聲抬起頭來。

「早。」

「兩位早安啊！前輩，今天也很漂亮呢！」

三步接著溫和前輩的話，低下頭嘻嘻地笑著說。一時之間沒有得到回應，三步料想到了溫和前輩應該不知如何應答。

分明知道但為什麼還要這樣說話呢？那是因為三步今天要拿跟平常不同的自己來嚇唬人的緣故。所以她其實是希望得到對方驚愕的反應，要不就是不知道她在玩什麼把戲，這對三步來說反而比較容易繼續下去。

但世界上的大人不是都這麼好糊弄的。

前輩用笑容掩蓋了動搖的表情。

「小三步才是！這是怎麼啦？改變形象嗎？好可愛——。哎，真想看妳穿便服而不是圍裙啊——」

「哎，啊，是的，非常感謝您哪。」

老大表情無奈，旁邊的溫和前輩雙目閃閃發光，三步反而畏縮了。

「能看見女生改變造型真是太好啦！」

「在太陽底下感覺應該更不一樣呢！」

「那個孩子已經看到了嗎？」

溫和的前輩步步進逼，明明是三步自己先發動攻擊的，現在卻哼哼唉唉地應付，步步退後，最後簡直像是逃離肉食動物一樣噠噠噠地離開櫃臺。

對方的反應不如預期就不知所措，三步真是太遜啦！

要是借此機會回復原來的自己，周圍的人也就不會再動搖了吧！

然而，光是這樣還不足以讓三步從宿醉中清醒過來，她深信不同的打扮和用跟平常不一樣的說話方式過日子，不僅自己開心，周圍的人也一定都會高興的。

「辛苦了，前，輩。」

「雖然很煩人，但今天沒出什麼大錯，就饒過妳吧！」

「那真是我的光榮，嘻嘻嘻。」

中午休息時間，三步仍舊毫不畏懼地展示著跟平常不同的自己，終於從可怕前輩那裡得到了赦免。雖然說煩人讓她很介意，但要是露出介意的樣子，就跟大紅色的口紅太不相配了。

溫和的前輩在休息室一角聽到她們的對話，哈哈地笑起來。

「小三步，那個，真好玩。」

溫和的前輩用食指拭去眼淚，抱著肚子大笑，顯然算是接受了外表。

三步那跟優雅完全搭不上邊的少女漫畫口吻，讓前輩受到了身體上的損傷，害人家從剛才開始就一直笑到停不下來。

雖然驚訝是三步想要的反應，但被取笑就是另外一回事了喔，姐姐大人。

「嘻嘻嘻。」

她多少有想確定溫柔前輩的界線在哪裡的意思，故意跟她四目相交，然後再度露出優雅的微笑。

然而，前輩立刻轉移視線，手撐在旁邊的桌子上，全身震動。**啊，不行了，前輩好像不知什麼時候受了致命的重傷。**

她等待前輩滿血復活的當口，再度望向人家眨了眨眼。**啊，這樣應該沒問題了吧。**

「三步，休息時間也不准用這種腔調。」

「哎——」

來自可怕前輩的命令，通常就算不是業務相關，平常的三步也都會立刻改正。但今天的三步有著奇妙的使命感，一直試圖用一個字表示反對。

「蛤？」

馬上得到前輩的威脅。

「不——」

三步再度用一個字舉起雙手表示無條件投降。

沒辦法，只能用自己全新的打扮和舉止迷倒眾生了。三步拿出置物櫃裡的今日午飯，走向空的座位。

「我要開動了。」

兩位前輩聽到三步的話，抬起視線，這才終於注意到三步今天的午餐，兩人同時噗哧笑出來。

「什麼啊！那是——。」

溫和前輩好像嗆到了一樣咳嗽起來，可怕前輩也趁勢用連閱覽室都聽得到的聲音吐槽三步，正確說來是吐槽三步手裡的東西。

「這是午餐，我在路上的麵包店買的。」

三步得意洋洋地揮舞手中用紙包裝的午餐。

「哎，這是，法國麵包吧？」

「對，這叫巴黎人。」

「妳是痴呆了嗎？」

「哪有哪有怎會，用紙包著的法國麵包，不是很優雅嗎？」

這完全是誤解，即便是正常狀態的三步也明白，但宿醉真的很嚇人。

三步閃躲過前輩們詭異的眼神，把麵包撕成兩半咬了一口。這時已經沒有半點優雅的影子了，她大紅色的口紅沾到麵包上，看起來甚為不雅。

但是關於錯誤的優雅，三步想過很多。她起身到休息室從冰箱裡拿出早上放進去的草莓果醬和牛奶，還加上火腿，然後回到位子上。辦法就是，有了草莓果醬就不用介意口紅。

「我覺得並不是這樣的。算了，沒事。」

「要嗎？」

「不用了。」

不是咬，是小口啃。

她也想問問溫和前輩的，但人家不知何時已經不在位子上，打開的便當還放在桌上，情境十分微妙。

法國麵包配上果醬和火腿，慢慢地啃著。雖然很美味，但下巴開始緩慢地痛了起來，三步決定休息一下。

溫和前輩回來了，跟可怕前輩聊著天氣，完全不朝她這裡看。

三步想等下巴恢復一下，就先小口吃著麵包白色的柔軟部分，頓時發現可怕前輩不知何時開始一直盯著她瞧。

「今天三步是怎麼回事啊？」

「嘻嘻，什麼事也沒有啊！」

「別這樣，有人快死了喔！」

她有意地瞥向溫和的前輩，後者正茫然望著空中深呼吸。吸——呼——。她聽到聲音了。

三步對於總是溫和對待她的前輩，正忍著不爆笑感覺有點起床氣，她決定要把自己的想法好好地表達出來。

「平常的我實在太無『鳥』了嘛。」

哎，咬到舌頭了。

「而且前輩們總是看到平常的我，一定也覺得很無聊，所以就決定獻上全新的我啊！」

「幹嘛突然搞得像時尚雜誌封面那樣。」

「為什麼呢——」

沒發現自己醉了的三步自然不明白。

「但是，現在很開心，簡直就像不是我自己一樣。」

「就像cosplay一樣啊！」

「難，難道前輩玩過嗎？打扮成女僕………」

「妳覺得玩過嗎？」

要是玩過的話，簡直太有趣了，但一定沒有吧！要是可怕的前輩突然穿著女僕服裝出現，三步一定會跟現在的溫和前輩一樣，盡量不讓爆笑的原因進入視野，然後忍著一言不發只做自己的事情。

溫和的前輩從剛才開始就默默地吃著花椰菜，像是警戒心強的兔子一樣，真可愛。

「好吧，要是三步穿著女僕服裝來上班，我肯定也要脫了。」

「野獸……」

「圖書館工作人員能有女僕嗎？要是穿女僕服裝的話，非脫下來不可，但只是髮型或口紅的話，就沒什麼關係了。」

「真開心呢，嘻嘻嘻。」

「不要這樣了。」

溫和前輩像是想避免殺人案成書出版一樣，用原來的腔調下了指令。三步乖乖聽話。

話雖如此，如果可以化妝的話，那她也能辦到，打長期戰知道何時讓步是很重要的。今天回家時就去一下UNIQLO，買一件能搭配口紅也能穿來上班的白襯衫，同時考慮以現在頭髮的長度能整出怎樣華美的髮型。

三步開心地想著要怎麼打扮自己，同時努力工作。

然而，天不從人願，事情常不如人意。

「三步那是在幹什麼啊？」

傍晚她走向休息室要拿文件的時候，今天因為家裡有事而晚來上班的古怪前輩在裡面發話，三步離入口幾步的地方停了下來。其實剛才她跟走進圖書館的古怪前輩遠遠地交換了視線，三步微微彎腰行禮打招呼。

她心想：**人家在聊天，要是打算說自己的壞話可怎麼辦啊！**大紅口紅之下的膽小鬼，讓三步停下了腳步。

「她打算殺了我呢！」

那確實是溫和前輩的聲音。

「好像是什麼，要讓大家看看不同的自己之類的。」

可怕前輩的聲音有些拘謹。古怪的前輩也是她們兩人的前輩。

「她剛才說平常的自己太無聊了。」

「啊啊，原來如此。那跟之前嘻哈裝扮一樣囉！」

嘻哈。三步腦海中浮現了一個畫面，看來兩位同期的前輩腦中也出現了同樣的景象。

「唉啊——」

房間裡傳出異口同聲的感嘆聲。

「那個，嘻哈什麼的我不清楚，但小三步曾經戴著胖胖的帽子穿著風衣來上班，被罵了之後就立刻換掉了。」

「還戴過很大的項鍊……我記得提醒過三步。」

三步也記得可怕的前輩提醒過她。那時候可怕前輩也說了，打扮成那樣就無心工作，所以確實帶了替換的衣服來。

「我感覺之前好像也聽過，厭煩了平常的自己什麼的——」

古怪前輩的證詞。

三步不能確定自己到底有沒有說過這種話，既然別人都這麼說了，那自己很可能真的會定期發作也說不定。

「大家都會這樣的啦！厭倦了平常的自己。」

古怪的前輩說了跟正常大人一樣的話，三步非常失禮地如此想。

「但是，她也太極端了吧！」

「是沒錯啦！但妳不覺得這樣的三步真是太可愛了嗎？」

「是不是太可愛很難說，但是確實很像三步啦！」

三步突然聽到「啪嚓！」的聲音，她不知道那是什麼聲音，但是聽得很清楚。同時像是薄玻璃破碎般的影像，一瞬間在眼前閃現，但是那幅影像立刻就從她腦中消失了。

三步記不得剛剛看到的是什麼，只不過剛才還跟平常無異的景色，稍微有點模糊的感覺。突然發生的這些現象，她完全不知道是怎麼回事，四下張望周圍。

「唉喲，三步！上班摸魚跑來偷聽我們聊天啊？」

古怪前輩笑著用兩手夾住三步的面頰，她這才回過神，一時之間她腦子轉不過來。不對，她平常腦子也轉得不怎麼靈活就是了。

「沒有⋯⋯哪有。」

她只能拼命地設法回答。

三步的宿醉醒了，只是自己並沒有察覺。

「待會兒在她們倆的襯衫上印唇印吧！」

話雖如此，但三步感覺到自己心裡的熱度迅速地降低了。

「嘻嘻嘻，這下子可成了惡女啦！」

分明特別準備好了跟自己的新形象相配的台詞，但卻完全沒有興奮激動的感覺了。

扮演現在的自己，也毫不緊張，她已經習慣這個自己了。這對角色扮演來說，應該是有益的，但不知怎地，心中卻生出了寂寥的感覺。

三步感覺好像是長久相處的戀人，從戀慕變成愛意那種寂寥的感覺一樣，雖然她之前的幾次戀愛都沒有持續那麼久。

從那之後，三步就遵守在溫和前輩面前不玩COS，其他前輩面前則偶爾說一些三步誤以為搭配口紅的台詞。但是她再也沒有感受到在偷聽前輩們對話之前，那種興奮和激動的感覺了，而理由三步自己也完全不明白。

雖然不明白理由，但三步回家之後，重新塗了大紅色的口紅，做好了髮型，然後穿上不能穿去上班的黑色洋裝，把手機在桌子上架設好，調整角度固定，設了定時，把手指豎在嘴唇前，拍了自拍。

既然打扮了，那就留個紀念吧！三步當然也不是沒有這個念頭，但今天自拍的理由卻不一樣。

不知道為什麼，但總覺得好像跟這樣的自己是最後一次見面了。她已經不會想再特別強調，自己想成為跟大紅口紅相配的成熟姐姐的那個部分，並且讓別人看到。

「早安呱。」

一大早就咬到舌頭。

「早安啊，小三步。唉喲，回到平常的三步啦！」

嘿嘿，三步摸摸自己跟平常一樣只是稍微順過的頭髮。

今天早上跟平常一樣心不甘情不願地起床，想著是不是要塗大紅色的口紅，穿新的情趣內褲，但三步決定還是不要了。

「昨天的那個，已經不用了嗎？」

昨天的三步已經融入自身，所以已經不必強行展現出來讓人家看到了。

然而，自然並不是吝於展現。

「要是前輩想看的話，隨時都可以喔！嘻嘻嘻。」

沒錯，隨時可以；但是，也罷。只不過她一瞬間覺得化妝跟髮型跟平常一樣，所以立刻想起昨天的記憶。「咕呼」了一聲，前輩已走出了更衣室。那還是算了。

沒想到自己的嘴也成為凶器啊，真是罪惡的女人。

三步繫上圍裙，打算走出更衣室，但是在快要走出去的時候她轉過身，又回到自己的置物櫃前。

她並沒有忘記什麼。三步打開置物櫃，從口袋裡掏出以備萬一的大紅色欲望，放回包包裡。她並不是不想成為殺害溫和前輩的犯人。

三步自己沒有醉了的自覺，所以當然也沒有發現自己宿醉醒了的自覺。

但是三步知道昨天的自己，是以跟平常不一樣的價值觀活著的，也知道那很奇怪。但她並不想把那個自己當傻瓜，也不想覺得昨天認真的自己很丟臉。本來放在口袋裡助陣的東西，現在她覺得不需要了。

溫和的前輩提起昨天的事情，三步並不感到難為情，她隨時都可以變成那個自己，只是決定還是不要了。

她發現這樣平和狀態的自己，一定可以正視昨天的自己。

就算別人看不出來，就算並不實際存在，三步還是能帶著昨天的自己一起走下去，這樣的自己讓她十分開心。

三步帶著跟平常一樣的笑容，關上了置物櫃的門。

麥本三步喜歡粉絲福利

麥本三步很容易過熱泡暈，所以泡溫泉的時候，都是一群人裡最先上來擦乾身體換衣服，在休息室悠閒地喝水果牛奶等待。

好涼快——好喝——要命了——

這樣喝到最後一滴的時候，通常朋友或家人也都來到休息室，看見三步幸福的表情，然後說：「真好，我也要喝。」就去小賣店買了水果牛奶。

今天三步也穿著浴衣坐在休息室的沙發上，自己一個人「好涼快——好喝——要命了——」的時候，不一會兒，跟她同行的朋友也穿著浴衣出現了。她可能也受到三步喝牛奶的樣子啟發，還沒開口說話就先到自動販賣機前買了水果牛奶，揭開蓋子。

三步知道朋友對於周圍人們，對自己每一個不經意的舉手投足，很有反應這件事，毫無所感。她驕傲地想著：**就是這樣，就是這樣**。

「好久沒喝了，真好喝呢！」

朋友在旁邊坐下，潮濕的頸背暴露在三步眼前，盤成髻子的髮際一滴汗水落在粉頸上。三步想藉此喝一杯，把瓶子一傾，但裡面已經什麼都沒有了。

「怎麼啦，三步？」

「不是，能看見入浴前、入浴中和入浴後不同的美人狀態，真是大飽眼福呢！」

「妳是怪叔叔啊！」

朋友拍了一下三步的肩膀，喝完水果牛奶站起身來。三步也一起站起來，兩個人親親熱熱地把水果牛奶的瓶子放回自動販賣機旁邊的架子上。

「喏，三步，晚飯前要不要去便利商店買東西？」

「喔——，要去要去。可以穿拖鞋出去嗎？」

「我記得櫃臺說過可以借木屐的。去問問看吧！」

熱呼呼的三步被漂亮的友人拉著，心滿意足地走出了休息室。

☼ ☼ ☼

「我抽中了雙人溫泉旅館的住宿券，要不要去？」

喜歡應募抽獎的媽媽打電話來問道。

於是，有了這次的溫泉旅行。

「哎，難得媽媽抽中了，就自己去吧！」

一開始三步還客氣了一番說道，但是能使用住宿券的溫泉旅館，離爸媽住的地方有點遠。

「我只要抽中就滿足了。」

媽媽又如此說道。

既然如此，三步就收下了住宿券。

「妳跟上次提到的男朋友一起去吧！」

電話那頭的媽媽，最後還補上一句。

聽到這裡，她不小心把電話給切斷了，嘿嘿吐舌頭。那麼要邀什麼人呢？三步假裝迷惘了一下，其實她並沒有什麼選擇。

第一，邀請某個朋友。第二，邀請某個同事。第三，雖然是兩人住宿券，但她自己一個人去。

第三個選項其實不需要住宿券，她想去就可以去。第二的話，突然兩人一起去旅行她會緊張，有可能會被吃掉。果然還是邀請某個朋友比較好。

話雖如此，跟三步交情好到可以相約兩人旅行，又能住在同一個房間的女性朋友，只有兩個人，她在考慮要約哪一位。

其實她第一個開口的並不是現在這位美女朋友，理由是因為她的職業非常地忙碌。

當然三步不會因為對方說忙就疏遠，但想像別人不得不拒絕時的辛酸，就覺得還是先去邀請比較可能去的人好了。然而——

「對不——起！下個月剛好有東西要交，又不好意思讓妳等，所以還是先去邀約別人看看吧！要是沒有其他人去再來找我。咦，不對，妳跟男朋友去不就好了嗎？」

吐舌頭。

因此她雖然心想對方估計很忙，還是打了電話給漂亮朋友。結果運氣很好，人家剛好最近打算休假，於是三步很幸運地約到了一起去溫泉旅行的伙伴。

她發簡訊給第一個聯繫的朋友，解釋電話為何突然斷了，然後因為沒有說出實情而道歉。

☼ ☼ ☼

三步並沒有教人家不要說出去，於是不知不覺間消息就在朋友圈裡傳開了。漂亮朋友不知怎地，以為這次的旅行是三步治癒失戀傷心的旅行。

咦，我的個人情報大家都怎麼解釋的啦？三步一面說明情況，一面在溫泉旅館跟好朋友一起看著眼前陳列的料理，簡直樂上了天。

「嗚哇——，好棒喔——！哎，這是什麼？嗯——，不知道是什麼，但是好好吃喔！」

跟迫不及待開始喝酒興奮雀躍的三步比起來，眼前的美人只微笑著靜靜地吃了一口三步不知道是什麼的東西。

「啊，很好吃。這是法式醬糜吧！很少在日本料理中出現呢。」

毫不遲疑地立刻說出那不知道是什麼玩意的友人，三步以有點下流的眼神盯著人家看。

「您的舌頭真是內行啊！嘿嘿嘿。」

「唉喲，也只有舌頭比較內行啦！嘿嘿。」

三步和對方之間不需要客氣，兩人笑著同時喝了啤酒。

真好喝，玻璃杯很薄。

「這種是去參加派對什麼的知道的嗎？最近也有去嗎？」

「嗯——，最近幾乎沒去了。頒獎典禮基本上跟負責人沒什麼關係，所以不用去。啊，但是直木賞我跟前輩一起去了。」

「哎，我這輩子也想見識一次啊！」

「沒什麼好玩的啦！像是妖怪的聚會一樣。」

漂亮的臉上浮現了苦笑，三步感覺到她的辛苦。那就無所謂了，雖然她有點憧憬妖怪般的存在，頒獎會場一定充滿了那種嘻嘻嘻嘻的鬼笑吧！

沒有聽過妖怪笑聲的三步，沈浸在幻想中，剛才的對話坐在隔壁的女士們，搞不好也有點興趣——對三步朋友的職業感到興趣。

「這麼說來，老師精神好嗎？」

老師。這個曖昧的詞指的是誰，朋友一下子就明白了，然後刻意裝出驚訝的表情。三步也露出促狹的表情，做出從「現在開始就要進行這個話題囉」的姿勢。

美人就算是僵硬的表情，也依舊美麗。

「小楠老師精神非常好呢！上次我們還吵過架。」

「能跟小說家吵架，真是太厲害了。」

「要工作所以沒辦法。」

「沒辦法啊！」

「沒錯沒錯。」

特意做出不悅的表情，漂亮朋友大口吃著剛剛送上桌的生魚片。她的表情半是刻意的樣子，也很值得品味。

「誰來教我怎麼跟天才往來吧！」

「我不知道。」

「我也不知啊！」

她按鈴又點了日本酒，並不是因為壓力大所以喝多了，而是從大學時代開始就是這樣。三步安心地按照自己的步調喝著酒。

三步喜歡聽朋友講工作的事情，她喜歡聽自己不知道的世界的故事。一面聽著在那裡生活的朋友講述一面想像，就好像是在看書一般的感覺。

三步非常喜歡跟眼前這位朋友共事的那位老師的故事。正如她所說，是一個天才。天才並不是三步跟漂亮朋友隨口說的，這位老師在各個場合都被公認為天才，也有配得上這個稱呼的成就，而且竟然跟三步她們同齡。

三步也讀過老師的作品，所以聽說朋友和她的前輩竟然是負責老師作品的編輯時，非常地驚訝。老師的作品很有趣，但那個人和漂亮朋友之間的往來更是她百聽不厭的。

「我覺得，我們是同年齡又是同性，也是起衝突的因素之一。」

「之前就說過了，但不是似乎可以好好相處嗎？」

「雖然我們有相處得好的地方，但也有不合的地方，我們兩個都很會意氣用事。三步，跟上次說的可怕的姐姐，相處得如何？」

話題突然就轉到自己這邊來了，三步心想：**既然就她們兩個，話題是**

互相的吧！她試著回想最近在職場的人際關係。

「之前我去她家玩，她還做飯給我吃。」

「喔——，很有進展喔！要不要發展看看呢？」

美人一面喝酒一面微笑說道。

「很可惜，人家好像有男朋友了。對了，押韻嗎？」

「哎？什麼？」

進展，跟發展，三步覺得押上韻了。

她伸手拿起兩個酒杯中的一個，打算喝日本酒。美人替她斟了酒呢，哎嘿嘿。

美味的食物一一上桌，酒也一杯一杯地喝。三步最喜歡天婦羅，香脆的香菇真是絕品。吃完的時候，三步已經暈呼呼的了，眼前的美人卻還挺直了背優雅地享受著美食。最後上的水果也吃光了之後，三步已經滿面通紅，而朋友只是面頰稍有紅暈而已，完全沒有失態的樣子。

「喝了酒更可愛，真是太討厭了。」

三步望著她說。

她和朋友閒聊著走回房間，路上肩膀撞到牆壁兩次。回到五坪的和室，本來放在中間的矮桌被移到寬走廊旁邊，榻榻米上鋪著兩套軟綿綿的被褥。

三步猛的撲向其中一套被褥，手肘撞到榻榻米上，痛死了。

斷了——手絕對斷了——。她忍著不哀嚎。但身後傳來笑聲，所以她故意望著對方，然後把自己的被褥跟她的緊緊併在一起，嘿嘿嘿。

「來，再喝一點吧！」

三步用全身體會涼快的被褥，聽到朋友的聲音、打開冰箱的聲音，和那種聽起來很爽快的喀咻聲。

「我要休息一下。」

三步抬起埋在被褥上的臉，望著坐在桌邊椅子上的朋友說道。

「嗯，妳可以睡一下，反正待會還要起來的，不是嘛！」

「還要起來——」

雖說要睡，但難得的溫泉旅行她想盡量享受，於是起身去上廁所，喝了晚飯前買的水，吃了兩顆巧克力。本來是要休息一下以恢復精神，但躺在被褥上玩手機，就覺得自己精神慢慢回復了。三步也不是不能喝酒的那種人。

她望向窗口，美人穿著浴衣，抬眼欣賞夜空中的月牙，簡直像是一幅畫，三步不由得按下快門拍了照。

漂亮朋友轉向這邊，她本來以為搞不好會被罵，但朋友只帶著臉上的紅暈微笑著比了一個勝利手勢。**不愧是美人啊！粉絲福利非常周到。**

喀擦喀擦，她拍了好多張，人家好像有點受不了了。美女把罐裝薑汁啤酒舉到唇邊，三步把焦點對準她的唇拉近，嘿嘿嘿。

她檢視著剛剛保存在手機裡的照片，美人背後的月牙真是太美了。三步突然有了個主意。

她爬了起來，覺得暈呼呼的感覺已經消失得差不多，但跪起來之後，腿好像使不上力，又倒回被褥上。朋友取笑她，她又再度試圖起身，從冰箱裡拿出冰拿鐵在手上把玩，走向朋友對面的空位。

走到半途關了房間裡的燈，本來應該是關了燈讓月光照進室內，開始屬於大人的時間，然而今日的月牙連照亮三步腳下的力道都沒有。突然陷入料想不到的一片漆黑中，三步慌亂地被被褥絆倒，再度倒了下去。被褥很軟，真是太好了。

她用手肘撐起身子，拿出手機手電筒照明，謹慎地爬起來，再撿起拿鐵罐子，打開走廊上橘色的燈。

「三步，妳沒事吧？」

「嗯，但是摔倒的時候，似乎聽到了前輩的聲音，教訓我做事情要先想好順序。好討厭喔！」

「哈哈哈哈，真想見見妳的前輩。」

她把手上拿著的罐裝啤酒放在椅子和椅子中間的矮桌上，不知何時已經喝了兩罐。

「不行不行，那個人只要有觀眾在場，就會鼓起勁來生我的氣。」

「哎，就是做給別人看。」

「是要讓我好看吧！」

「我覺得是做給別人看喔！」

前輩們偶爾也會這麼說，但三步還是不太明白。

「啊，這麼說來，小楠老師也說了希望有機會見見三步呢。」

「啥，哎，真的嗎？」

突然得到名人的指名讓三步大吃一驚，對方想見的話，那她當然更想見。雖然一瞬間這麼想，但其實不是如此。從擔任編輯的朋友聽來的各種軼事看來，對方實在不是自己能夠應付的。

「為，為什麼想見我。」

「上次啊，我覺得她是沒有惡意的啦，但其實是很沒禮貌的。她問我說，妳也有朋友嗎？」

「喔，喔。」

「我也是因為喝了酒，就說了三步的事情。」

「喔，喔。」

「要是妳不高興的話我先道歉，我說妳是我想像中的朋友喔！」

「我不討厭。」

怎麼可能討厭，她喜歡的朋友被人問有沒有朋友的時候，回答自己是她的朋友，她很少這麼被人看重的。更有甚者，知道有我這麼一個人還願意見我，可能可以聊很多可愛又有趣的話題，怎麼可能覺得討厭呢。

「啊，但是，我說幻想的朋友，是因為想知道老師會有什麼反應才故意這麼說的。」

「大概會很平常地說：**我想也是這樣吧**！然後就是加上一句：**好像可以寫成小說呢**！」

朋友繼續說道，甚至模仿了老師的聲音和神色，這表示她醉了。

三步並沒有見過老師，所以不知道像還是不像，但朋友簡直像是被天狗還是龍附身一樣，感覺真是有趣。

「啊，但是她真的完全沒有惡意，她就是那樣的人。怎麼說呢，嗯，雖然常常讓人生氣，卻不是壞人。」

「嗯，不管哪邊都看得出來。」

「像大小姐那樣的說話方式也是，多半是無意識的粉福吧！」

「粉福？」

「對，粉絲福利。她知道自己有天才的部分，以及自己微不足道的部分。我覺得她會刻意讓自己喜歡的人看見天才的那個部分。內心深處心想自己是天才會讓大家高興的，這是給粉絲的福利精神。但是那裡偶爾會生齟齬，處理那部分的是普通的她，所以還是會受傷的。真是個難懂的生物啊！」

難懂，她說的話，以及她自己都是。但即便是喝了酒腦筋轉得比平常還遲鈍的三步，這位漂亮朋友每次說到那位老師的時候，她都是明白的。

「無論怎樣都喜歡，真是太好了。」

「被妳這麼一說，我就不想承認啊——」

垂下眉角微笑的她真是太好看了，三步急忙想掏手機，但她打解鎖密碼的時候朋友的表情就變了。呿。

不要百分之百滿足，對粉絲福利來說，也可能是必須的也說不定。

酒量比較不好也未必會先睡著，但漂亮朋友先睡著了，三步感到很意外。在那之後她們又喝了不少，三步咔嚓咔嚓地吃著巧克力餅乾棒。

「我先休息一下，睡一覺，抱歉。」

漂亮朋友口齒不清地說完，就倒在被褥上了。她本人可能是打算休息一下再起來繼續喝也未可知，但躺下後三步替她蓋好被子，看起來是會一覺睡到天亮了。

呼——呼——，偷拍睡覺的美人，果然已經超越了粉絲甚至朋友的範疇，變成變態了。三步阻止了自己。

三步一個人坐在椅子上，喝著溫熱的綠茶，剛才她還非常地困倦，但醉意過去之後反而清醒是常見的現象。

三步望著沈下的月牙，想著沉睡的朋友，月光照映著往事。

話雖如此，其實她已經不記得大學是因為什麼契機或是什麼時候成為朋友了，好像是在某個課堂上聊了起來，又一起出去玩，畢業之後大家工作的地方離得不遠，就還繼續當著朋友。三步她們之間的關係就是這樣。

基本上來說，其他的朋友也是如此，都是些曖昧的記憶，就算記得也都是些無關緊要的瑣事。然而，其中有一件特別的記憶，三步只要想起跟她的回憶，一定會浮現這件往事。

那就是，三步覺得自己成為她粉絲的瞬間。

既是朋友關係，又是粉絲。三步在那個瞬間之前，以為粉絲的心情是對自己並不熟悉的人才會有的；說得更明白一點，就是並不覺得對方是一個真正的人才會有粉絲的心情。比方說，歌星啊、演員啊、小說家啊，再跳躍一點，廣播電台主持人之類的。

然而，三步變成了朋友的粉絲，而且不是那種心情越來越強烈，而是在某個時刻、某個瞬間，突然被擊中了紅心。

認識朋友的時候，就覺得她是個美人，而這不只是她自己的感覺，跟朋友在一起，她就明白別人也都是這麼覺得的。但三步成為粉絲的理由，並不只是因為朋友美麗的外表，當然也不是完全無關。

有一次，系上的男生說：「**公司面試會不會被採用，跟長相也有關係。**」當時三步她們剛好在場，有個正在興頭上的人，很可能是好意和打從心底的稱讚，便對著三步的漂亮朋友說：「**這樣的話，妳應該沒什麼問題啦！**」

對於這種沒禮貌的話語，朋友的回答正中了三步的紅心。

「要是這樣就好了，因為我覺得自己的長相算是武器呢！」

好帥帥帥帥帥帥帥啊！她心想。

雖然感覺很傻，但她自己也無法說明成為粉絲的那種感覺。三步徹底被自己的朋友迷住了。

想起當時的情況就不自覺地微笑起來。為什麼覺得很開心呢？

三步望著朋友沉睡的面容，薄薄的嘴唇和大大的眼睛現在都閉著，微微地顫動。**真漂亮！她說自己的容貌是武器，真的太帥了！**

然而，身為友人的三步很清楚，漂亮的容貌所帶來的未必都是好事。天賦才華並不僅是有所得，而且還不得不背負著沈重的包袱。三步和她交上朋友之後，才明白了這一點。

三步和她在一起的時候，都常常擔心她是不是會不愉快。

她以前曾經聽說過朋友高中時代遭受過霸凌。三步想知道詳情，她覺得肯定跟朋友的容貌脫不了干係。

被朋友的外表吸引來的害蟲和她成了好朋友，結果卻讓朋友傷心了。三步知道以後，晚上真的曾經想要過去替朋友報仇討回公道。

三步覺得自己的生命中，絕對沒辦法有同樣沈重的體驗。

朋友生來就背負著巨大的包袱，但她絕對不會怨恨或是嫌棄那個重擔，反而會抬頭挺胸地說：**自己的外表是武器，即便負了傷仍舊會奮戰**。這點三步很清楚。

啊，這樣啊這樣啊，原來如此。

本來只有呼吸聲的室內，突然響起了很大的「嗚嗡——」聲，三步一時嚇得抬起了屁股。**哇——，嚇死我了**！三步覺得心臟怦怦地跳著，她望向房內一看——**太好了，好像沒吵醒朋友**。

然後她又望向聲音的方向，發出聲音的是放在桌上的手機，是正在睡覺的朋友的手機。三步不由得看了手機的螢幕，她不是故意的，就是不由自主地看了。

有人傳了簡訊，上面的名字又讓三步心跳落了一拍——就是她們提的那位老師。

當然不是來到現場，也不是有任意門連結，但三步還是緊張了，因為她現在正在想朋友和那位老師之間的關係。

首先，要鎮定下來，要不然會睡不著了。

三步想著伸手要拿茶杯，但是中指碰到茶杯時就收回了手，把手放在膝上，然後挺直了背脊。接著她用絕對不會吵醒睡著的朋友的小小聲，對著手機說話。

「老師，」

當然不會有人回答，三步覺得這樣最好。

「那個，這個孩子，真的非常喜歡您。雖然你們或許會吵架，也會不開心，但是我覺得老師您也很喜歡這個孩子。您被稱為天才，我一定沒辦法完全理解的，我只是稍微理解這個孩子的部分心思而已，所以請多多照顧這個孩子。這是身為她好友的請求。」

要是沒喝酒的話，她可能不會做這種事情，但是既然喝了酒，這麼做不也挺好的嗎？三步是這麼認為。

三步面對著畫面黯淡下去的手機，獨自低頭行禮。

「早上洗澡真舒服！」

「不想回去啊——」

兩人酒醒了，一大早去泡了露天溫泉，渾身軟綿綿地叨唸著。運氣真好今天是晴天，在秋日藍天下泡澡，真是太舒服了。

兩個女生一大早去泡溫泉。三步的人生要是電影或者漫畫的話，這裡可能會穿插一兩個福利畫面。但兩人完全不必介意別人，懶散地抬頭望天，沒有什麼交談，就這樣默默地共度了這段時光。

偶爾嘆的氣夾雜著快樂與決心，三步覺得自己並不失望，這正是成為大人的證據。但那也可能是因為自己今天仍舊休假也未可知。

身邊的朋友今天晚上好像已經要去參加工作上的聚餐，然而她並沒有露出絕望的神色。三步很尊敬她。

雖然她很羨慕朋友能吃到美食，但並沒有必要連續兩天都吃特別的料理。而且早上泡了溫泉，這樣的日子還得必須調整成工作心態。**真的辦得到嗎？**三步很擔心。

就在擔心的時候，三步的身體開始發熱了。雖然一大早泡溫泉很舒服，但這並不能改變她容易泡暈的體質。還是先離開了浴場，到休息室等朋友。

因為是早晨，所以今天喝普通的牛奶。

小時候三步覺得自己要是能長到兩公尺高就好了，現在她知道身高很高的人，其實有很多不方便的地方，也知道自己長不了那麼高。但仍舊抱著長高的期待喝牛奶，算是夢想的遺跡吧！

呼，**水果牛奶跟普通牛奶，都喝了**。三步在總有一天會派上用場的腦內筆記本中記下一筆。

泡完澡的美人姍姍來遲，今天她好像沒受三步影響，喝了免費的白開水，兩人就去吃早餐了。

旅館的早餐是世界上最好吃的。不是比世界上任何地方的食物都好吃的意思，三步見識並沒有那麼廣，不是那樣的。而是這個世界上現在正在吃早餐的人中，覺得「**這早餐，一百分！**」的人有多少她並不知道，但她能確定自己是其中之一。

白飯、味噌湯、湯豆腐、竹莢魚乾，一百分一百分。或許有人會吐槽說：**這種在家裡也可以自己做**。但三步覺得那就叫做不解風情。

吃完早餐穿著浴衣躺在被子上的瞬間，又是最為幸福的時刻，但同時也是感到萬分悲傷的時刻。

不要啊——，不想和你分開啊——，我的被窩。當然不是三步的被窩而是旅館的被褥，遲早總是要分別的。三步趕在又想睡之前起身，比朋友稍遲一些，進入在自己臉上作畫的時間。

只是要踏上歸途而已，三步沒有平常那麼用心，很快就化完妝了，剩下來的時間，她想觀察美女如何裝飾自己的面孔。但要是讓人家分心，作品有了雜念就不好了，於是三步開了電視看新聞。

她乖乖地等待，朋友的武裝也完成了。貼得太緊也不是粉絲該有的丟臉行為，所以她只偷瞥了一眼。看見在鮮美原料上錦上添花的美人圖，三步不由得說：**好可愛喔！好漂亮喔！**漂亮朋友苦笑，她也不覺得害臊，一直對著人家比勝利手勢。**吔——吔吔——————！**

悲傷的是，這麼快樂的時間就要結束了。

在退房時間二十分鐘前，兩人坐在窗前的椅子上，來最後一發——不是抽煙也不是喝酒，而是喝一杯綠茶。

「一大早就得接工作的電話，太辛苦了。」

三步安慰剛才就已經進入工作模式打電話的朋友。

「嗯，嗯，是小楠老師打來的，只是確認今天晚上集合的時間是什麼時候而已。」

「啊，今天晚上約的人，是老師啊！天才也會忘記時間，真令人安心。」

「睡覺前的靈機一動，分明記得寫下來了，但卻找不到，這種事情常會發生的呢。她這樣解釋。」

「啊，關於人生。」

「對。」

她覺得對方冷靜的回答和微笑裡包含著愛意。

「三步，真的謝謝妳邀我來溫泉旅行，讓我精神一振。」

「沒有沒有，是我媽媽抽中的獎。我也非常開心，真的謝謝妳。老實說，我還想多住幾天呢。可能我們倆都很難湊在一起，只住一晚真是不夠啊！馬上就要回到日常生活了。」

「就是呢，要是能再一起休假的話，下次想更悠閒地度過。」

三步又開始擔心晚上就要工作的朋友了。

「真的不要勉強，要多休息喔！我批准了，雖然我沒有權限。」

「哎，既然三步這麼說，那我就休息吧！」

她帶著搞不好真能休假般精神煥發的神色說道。

什麼權限也沒有的三步，瞬間心想：**真的嗎**？然後毫不負責任地下定決心要負責任之後，漂亮朋友輕輕地搔頭。

「謝謝妳關心，沒事的，泡溫泉已經充過電了。而且，」

這個笑容是從昨天開始見到的笑容中最燦爛的，當然，三步看呆了。

「三步的粉絲福利，讓我重新打起精神了。」

「哎，哎，咦？我什麼也沒做啊！什麼妳是我的粉絲嗎？太不好意思了，好高興喔——」

「我是妳的粉絲喔！」

光是這句話，就起碼夠讓她充飽一個星期的電了。三步如此確定。

當然人生哪能如此稱心如意，她還是會被罵、會做錯事、會發生料想不到的事情。

不可能只靠什麼人的話就能活下去的，喜悅會慢慢磨滅，電力或許會慢慢消耗。那種時候就想跟好朋友見面，想跟自己的粉絲見面。

在兩人的電量都消耗完畢之前，再找時間會面吧！自己竟然能替朋友充一點電，這讓三步萬分期待她們下一次見面的日子。

但是自己到底給對方提供了什麼粉絲福利呢？光是共處就是粉絲福利了嗎？**真討厭，不要啦，真不好意思啊！**

退房後搭上電車，中途跟朋友分開，回家之後仍舊懶散地想著這件事。

後來朋友傳了簡訊，三步才知道真相。

『真的謝謝妳！三步也要注意身體，這是身為好友的請求。』

三步看了簡訊，一開始除了高興之外沒有其他的想法。然而過了幾秒鐘，她察覺了最後一句話的含意，覺得自己瞬間滿臉通紅，比泡溫泉、喝酒的時候還更紅。

啊，這樣啊！不，沒事，這樣就好。雖然這樣就好，但既然要告白的話，還是希望她說明白一點。從昨天開始就一直替朋友擔心的善良三步。

但是歸根究底，還是請老師懲罰一下假裝睡著的壞孩子吧！三步如此思忖著。

麥本三步喜歡蒙特利披薩

麥本有夢想。很常見的，又狂妄且絕非愚蠢的夢想。

麥本三步出生在這個世界上太好了。

她希望自己活著的大部分時間都能這樣想，然後在死的時候希望能覺得自己很幸福。要是自己的一輩子是個故事的話，她希望結尾是從此大家就幸福快樂地生活下去，這是非常棒的結尾。

為了毫不妥協地朝目的地前進，三步每日都努力不懈。具體來說，只是每天會突然喃喃自語：「我想得到幸福了。」這樣而已，並沒有每天非常仔細地描繪夢想。

此外，偶爾會在泡澡時，或是睡前在被窩裡想一下，要怎麼做自己才會幸福。

要是問三步的話，她一定會像每日嚴格訓練的運動員一樣謙遜地回答：

「沒什麼大不了的，都是很平常的事情啦！」

暫且不提，這讓人有想問「謙遜」這個詞是什麼意思的衝動，三步自己是確實地想朝目標邁進的。

隨便啦！總會有辦法的。至少表面上她不這麼想，表面上啦！

她也曾思考過各種各樣的未來規劃。

「總而言之，先磨練目前身為圖書館員的知識和技能，盡量升級。然後做到現在前輩們的位置，在圖書館取得成就。」

她在面談時跟長官這樣說道。

「那麼，麥本小姐明年也希望繼續在我們這裡工作了，是吧？」

對方笑著跟她確認。

「是的。」

三步非常堅定地回答。

雖然答應了人家，但想實現將來的夢想啊、希望啊什麼的先放在一邊，現在三步正望著自己倒映在咖啡店光滑牆壁上的臉，茫然地咬著熱狗。

好吃，超級，好吃——。這種美味來自三步的飢餓，以及這家咖啡店善用材料製作熱狗的用心。但不止於此，稍微有一點，因罪惡感產生的苦味畫龍點睛，讓熱狗的滋味更上層樓。

三步現在感受的罪惡感的本體，完全沒什麼值得炫耀。吃其他動物的生命以活下去之類的，完全不是這麼悲壯的理由。而是更為現實，現行犯的罪惡感。

為了逃離外面的寒氣而躲進咖啡店裡，優雅地享受熱茶和熱狗，溫暖舒適的這個三步，其實正在偷懶。

偷什麼懶？工作。

分明已經起床了，穿好衣服，離開家裡。但是一直走到車站，通過查票口，排隊等待電車的時候，三步真誠地面對了自己的內心，然後終於得到一個結論——

啊——，不想去上班。

三步已經是大人了，就算這麼覺得，每天還是鼓起勇氣驅使自己去上班，但今天不想去的感覺特別強烈。

即便如此，她還是上了車。就在她心不在焉地轉著「**誇獎我——誰來誇獎我——**」之類的念頭時，不小心坐過了站，然後茫然地又過了好幾個陌生的站點才下車。**糟糕了！**三步想像一秒鐘之後驚慌的自己，然而過了十秒仍舊沒有驚慌的感覺。她心裡萌生出某種奇特的認命感，回過神來之時，已經打電話到辦公室，捏著鼻子說自己感冒了。

「**糟糕了！**」三步並沒有這樣想，她雖然害怕前輩們發現然後被斥責，但「**耶！我辦到了。**」這種變成壞人的爽快感淡化了恐懼。

好了，既然已經蹺班，那乖乖回家就太可惜了啊！

她在陌生的車站下車，可以探索週邊環境，但今天本來打算在下班之後去大書店逛逛的，三步決定就先達成那個目標吧！剛好電車又來了，她準備搭上車。

直到剛剛都只是鋼鐵盒子的電車，現在看起來卻像是帶著自己去進行危險任務的護送車輛。她朝車頭露出臉來的車掌微微敬禮，拜託啦！

她下定了決心，話雖如此，電車停在去上班的那一站時，她還是緊張了。**要是現在下車的話，只不過是遲到一會兒而已吧？啊，不行，都騙她們說自己感冒了，怎麼還能沒事人似的去上班呢？又不能一直捏著鼻子。**

就在她右腳遲疑著反覆邁出車門又收回時，命運的門扉就關上了。三步再度下定決心，與其說是蹺班的實感，不如說是面對現實，只不過是比剛才稍微消極的決心罷了。

這份決心變成了卡路里，因為到達目的地的車站時，三步已經累了，決定先休息一下再去書店。她走進車站前熱鬧區域裡的一家咖啡店，點了熱紅茶，還忍不住叫了熱狗，然後現在非常地滿足。

她啜飲著加了許多砂糖和牛奶的紅茶，什麼都不加的茶她也喜歡，但天氣一冷，她就想喝甜的。可能是因為外面冷吧，店裡人很多，靠牆坐著的三步旁邊有兩個正在談公事的上班族。她心想：**要替我努力工作喔！**罪惡感哽在喉頭，快用熱紅茶沖下去，咕嘟咕嘟。

好了，這樣就可以了。她站起來去洗手間，然後回到座位。三步覺得在溫暖的店裡，用紅茶和熱狗把生命點數回復得差不多了，應該把位子讓給來到店裡的其他瀕死狀態的人。

她充滿英雄氣概地站起來，大衣的下擺勾到了桌角，差一點造成賠償餐具的重大慘案，還好驚險地迴避了。**哎，好危險！**然而，這對常犯這種錯誤的三步來說是家常便飯，她可以對店員露出若無其事的表情走出去，並且心安理得地接受背後傳來的店員道謝聲。

外面果然很冷。她縮著脖子往前走，人行道旁邊的四角BLOCK都走過了五個，突然發現應該已經被紅茶沖下去的罪惡感又哽在喉間了。三步嗯哼地咳了一聲，當然並沒有什麼東西噎在喉嚨，所以她清喉嚨根本毫無意義。

三步分明已經下過兩次決心，但對自己蹺班仍舊覺得耿耿於懷，不只哽在喉嚨，還黏黏糊糊甩不掉。她甚至開始胡思亂想，覺得剛才差點摔了茶杯可能是天遣也說不定。自己分明成天都犯類似的過錯，卻都能坦然若無其事的說。

班都已經蹺了，現在早就無力回天。腦子裡是這麼想的，但扭曲的心裡都糾結成千紙鶴了。三步朝最初的目的地書店走去。

三步喜歡大型書店。自家附近走路可到的書店她很喜歡，但只有大城市才有的大型書店她也喜歡。整層樓都擺滿了書架的地方，竟然有這麼多的書籍。她想著：**我肯定連這些書的一半都看不到，就先死掉了吧**！這種絕望的想法，大概十年前就放棄了。現在她覺得竟然有這麼多自己沒讀過的書，證明了除了她目光所及之處，還有更袤廣的世界存在，這讓三步很是安心。

然而，就算書架讓她安心，卻並不能抹滅她的罪惡感。她以為被書包圍就沒事了，結果並非如此，隨著時間過去，罪惡感越來越嚴重。

她一直無法釋懷的，其實並不是對努力工作的前輩們撒了謊蹺了班的罪惡感，而是對做出這種事情的自己感到厭惡的罪惡感。

這種罪惡感傷害力更大，只集中攻擊自身，讓她覺得肚子都痛了起來。三步平常就在被書包圍的環境中工作，所以應該不是那種一去書店就想上廁所之類的詛咒般的效應才對。

唉喲，這樣不行啊！快點把書買了回家吧！然後像病人一樣乖乖地養病，雖然是騙人的裝病。三步認真地這麼想。

但心裡又萌生出了一種奇妙的責任感：**既然蹺班了，就得做一點有蹺班意義的事情。**只要做了有意義的事情，就可以堂而皇之地認為，自己是為了做這件事而蹺班的這種偏差的責任感。

因此，三步採取折衷方案，在書店逗留了比平常更久的時間，享受消極的娛樂。她果然沒有去看個電影之類的勇氣，要是有那樣的勇氣，三步就會把一時的疲累和鬱憤，以蹺班這樣的行動方式爆發出來。但她沒有這樣的勇氣，疲累和鬱憤只能一輩子埋藏在心中了。

神明的存在，通常支持著有決斷力的人。那麼下了決心行動卻又惡作劇的，又是怎麼樣的神明呢？三步心想：**應該是不同的神明吧！真可惜。**

總之，這次三步決定反正已經蹺班了，就不要遲疑，行動吧！這樣的話或許可以說服自己，慢慢消除罪惡感。

明天更加不想去上班了。啊啊啊——。惴惴不安，這下子一定睡不著了。那可怎麼辦呢？三步暗忖著，接下來就在被窩裡立刻睡著了。

☼ ☼ ☼

第二天早上是晴朗的上班日。

三步望著太陽的光芒在寒冷的空氣中輝煌地擴散，在街上喃喃說著：

「好了好了，三稜鏡三稜鏡。」這種意義不明的話，乖乖地去上班。

蹺班的第二天回去上班，真的非常討厭。但三步已經是大人了，不可能選擇繼續不去上班。已經做了的事情既成事實，她決定今天要努力工作，積極地消除罪惡感。

總之，為了不讓昨天的謊言暴露，她穿上比前天更厚的衣服，還戴上口罩。厚衣服也就罷了，口罩戴著很悶很難受，但這也沒辦法。

搭上電車，今天在平常該下的車站下了車，通過查票口，走到大學裡，圖書館的自動門還沒有開啟，她手動把門打開。狡猾的三步這個時候還沒忘記演戲，咳咳、咳咳。

她打開員工專用門走進去，古怪前輩自己一個人在更衣室裡看手機。

「早啊！」

前輩看見三步招呼道，這位前輩昨天並沒有上班。

「早安——」

狡猾的三步為了保險起見，又咳了一聲，用比平常還小的聲音回應。

「咦？」

古怪前輩疑惑的回應。

三步心想：**很好，她以為我不舒服了**。然後期待前輩下一句問她：**是不是感冒了？**

「三步，感冒了嗎？」

沒想到運氣這麼好，進行得如此順利。她想像著罪惡感和成就感像龍一般在空中遨翔，然而三步心裡的兩條龍卻立刻被打落凡塵。

「昨天分明精神還很好的。」

「……哎？……昨，昨天？」

「旅行嗎？」

「**不是，為什麼？**」三步想這麼回問，卻咬到舌頭變成「**外什麼？**」，然後就說不下去了。真是煩人的誤解。

「昨天，那個，我，」

「妳在書店不是嗎？我昨天休假也去了那邊的書店呢！妳看著書，不知怎地臉色瞬息萬變，還自言自語，我覺得有點可怕就沒跟妳打招呼。」

前輩跟平常一樣古怪，臉上表情像是在說：「**妳丟臉的樣子被人看到啦！快覺得丟臉吧！**」勾起嘴角微笑起來。

要是平常的話，三步就會慌慌張張地不好意思。不對，要是平常的話，還會心想：**既然都看到了，為什麼不叫我呢？這家伙真是的**。但今天應該還是露出覺得丟臉的樣子比較好。

怎麼會這樣啊！竟然被看見了，蹺班的現行犯，而且還精神百倍，這下可糟了！但是她還不知道我蹺班了啊！怎麼辦，該怎麼辦才好呢？要怎樣才能封住她的嘴？假裝不是自己？賄賂？幹掉她？

總而言之……

「哎，認，認認認認錯人了吧——？」

「妳在笑嗎？還是咬到舌頭了？妳自己沒注意到嗎？我還從妳面前走過

一次呢！」

這太糟糕了！不幸中的大幸是，要是昨天她發現前輩在那裡的話，一定會當場在店裡驚慌失措，沒發生那種事真是太好了。但要是昨天發現的話，或許可以立刻蒙混過去，反正現在不管怎樣都無所謂了。

「昨天三步跟我都休假的話，那誰上班啊——」

古怪前輩一面說著，一面伸手拿桌子上的排班表。

這下可糟了，怎麼辦啊！

在她考慮的時候，時間一分一秒過去。三步期待著古怪前輩或許能想出什麼主意來解決，但看來要是以遊戲來比喻的話，今天像是強制橫向捲軸遊戲一樣，什麼也不做的話就立刻會掉進谷底。

「早安——」

遊戲結束，背後傳來開門聲，和可怕前輩的聲音。

「三步，妳感冒好了嗎？」

「嗯？」

背後可怕前輩的關切和眼前古怪前輩的疑問。

這真是前門有什麼後門有什麼，但快哭出來的三步一時之間想不起來了。**啊，是虎和狼。哪一邊，該先對付哪一邊呢**？三步不知所措地心想。

總之，先轉身對可怕前輩打招呼。

「昨天真是對不起了，託您的福，我真的已經沒事了。」

三步說道，痛快得簡直不像是剛剛病好的人。然後她望向前方，古怪前輩已經看了不該看的排班表，面露奇特的神情。

「昨天，我感冒了，沒來上班，去看醫了。」

三步全心全力，無比真誠地含著眼淚開口解釋道。

「生」這個字，在途中不知忘到哪兒去了。總之，她要說的只有一句話，那就是：**她去看過醫生之後，到書店去逛了一下而已**。這樣的話就沒有什麼奇怪的，不要再追問下去了。以想說的一句話來說，還真有點囉唆，但這是裝病三步的請求。

本來她可以立刻道歉，那樣的話傷害可能比較輕，當然這三步也想過。但是但是但是但是……說不定不用老實道歉，也可以全身而退呢！只要有這種可能就想賭一下，人性就是這樣。

三步作的孽就是，在遊樂場玩投幣遊戲機贏了的時候，就不由得壓上雙倍賭注。通常這樣做的結果總是一敗塗地的三步，今天可能是真誠感動了天地，要不就是眼前的人非常成熟還是什麼別的理由，不知怎地，事情並沒有朝最壞的方向發展。

「原來如此，那還是要小心喔——」

古怪的前輩用讓可怕前輩也聽得到的聲音說。

「前——輩——」

三步在腦中用自己最嬌媚的聲音回應。

想表達感謝之意，當然並沒有表露出來，看來可以安全過關了，前輩們也都接受了這個解釋。然而她的安心沒能持續多久，三步的人生不可能這麼順利的。

古怪前輩帶著慣常無法解讀的笑容，走到三步前面。

「原來如此，三步也很狡猾呢——」

古怪前輩用可怕前輩絕對聽不到的聲音，輕輕地對著三步的臉，吐氣一樣地說道。

狡猾。她咀嚼著古怪前輩的話，確認了味道，雖然難以下嚥還是吞了下去，然後感覺到進入腹中，三步立刻發現這兩個字對自己的肚子不好。

狡猾。被人家一說這才有了實感，心裡明白跟有實感似乎很像，但卻不一樣。

沒錯，她很狡猾。

這兩個字從肚子逆流回嘴裡吐出來，三步辦不到。或許有方法也未可知，但三步不知道。

呃嗯，又回來了！比昨天還嚴重的——罪惡感。

三步立刻覺得肚子痛了起來，但裝成好像是因為感冒造成的，這點她辦到了。

☼☼☼

三步體會到小紅帽故事裡大野狼的心情，也就是好像肚子裡吞了石頭一樣的沈重感，就這樣過了五天。中間雖然有一天休息，但三步仍舊沒有復原，全都是因為那天蹺班的緣故。

早知如此，不如去上班比較好。

然而再後悔莫及，時間也無法倒流。除了古怪前輩之外，大家都以為三步感冒了，事態已經無法挽回。

「三步，你感冒好了嗎？」

溫和前輩問她。

諷刺的是，人家的關心讓三步的心沈了下去。

「已經完全好了。」

她努力做出笑臉回答。

她知道自己的聲音比平常低沈。這樣不行，為了恢復精神，午飯到食堂去吃了個飽。沒用，肚子裡的石頭是在別處。

古怪前輩在那之後，對她的態度跟以前一樣。三步本來以為前輩知道了自己的秘密，一定會藉此威脅或勒索。那自然是三步的被害妄想，但她總以為人家一定會採取某種行動。然而古怪前輩仍舊是平常的古怪前輩，仍舊捉弄三步欺侮三步，但跟那次蹺班完全沒有關係，並沒有威脅也沒勒索。

這讓三步很不自在，老實說覺得很討厭，於是一直處於煩躁不安，還是那樣黏黏糊糊地甩不掉。

時間能夠解決一切吧！明天會有明天的新氣象吧！她已經抱著這樣的

期待睡了五個晚上，五次都在醒來後一分鐘便想起那件事，就覺得胃痛，呃噁。

這能不能解決呢？是不是已經沒辦法解決了呢？我一輩子都要背負這種罪惡感活下去了吧！唉唉唉唉。

自暴自棄的三步也只是裝個樣子而已。其實就不予理會就好了，但三步會在奇怪的地方認真，所以仍舊很難受。果然神明還是支持有決斷力的人。

今天結束了工作，回到家吃了跟平常一樣多的晚餐，也跟平常一樣覺得好吃，看了電視看了書洗了澡坐在地板上。

在旁人看來似乎很老實，基本上三步並未改變，對她自己而言，生活也沒有任何特別的變化。比方說，吃東西索然無味啦，或是笑不出來啦，完全沒有這種情況。只不過，是不是會努力想安慰因為覺得美味或者好笑而感到有罪惡感的自己，而努力創造積極向上的心情呢？這樣胡思亂想。

其實一定沒這種事的。她之所以會這麼想，是因為希望蹺班的自己跟真正的自己是不一樣的，完全不是同樣的生物。至少三步是這麼認為的。

思來想去，三步的心都揪在一起了。死是不會死啦，只不過覺得有點不舒服，真的只有一點點而已。平常狀態要是一整個披薩的話，那現在三步的狀態就是十六分之十五那樣，所以三步自己也能維持著沒事人一樣的狀態，她不能求助。

但是，那是到昨天為止。

第六天的早上，三步一起床立刻開始想，心臟仍舊像是櫻桃小口的小精靈那樣，她終於發現這樣下去是沒法解決的。雖然遲了，但終於明白過來還是有意義的。

三步帶著櫻桃小口卡比的表情快速起身，下定了決心。這麼說可能有點太過，她帶著稍微有些消極的決心，開始準備去上班，迅速起床是因為感覺好像快要遲到了。

三步嘴裡咬著超市打折九十六日圓的高級奶油麵包，走向車站。怎麼高級法她還不明白，但包裝上寫著高級的奶油麵包今天也很好吃。應該很好吃，而且她還覺得吃這個不是為了自己。**把我的奶油麵包還給我，那可是高級麵包喔！**

她走過查票口，上了電車，到了站下車，走出查票口，抵達圖書館。來這裡上班馬上就要兩年了，離車站近，環境也好，工作起來非常舒服的職場。

即便如此，就算如此，也是有因為是工作所以不想去的日子，而那幾乎是每天了。忍耐到最後那一日終於蹺班，然後卻影響健康一直到現在，真是說不過去。

三步想做點什麼，但是只靠她一個人的話，有點難以解決。

「三步，早安。」

「早安，前輩，今天能不能借我一點時間？我有事情想跟您商量。」

打開門站著不動的三步，運氣很好只有古怪的前輩在場，她睜大好像有點困倦的眼睛。

「喔，怎麼啦，想辭職嗎？」

「不，不是啦，還不到那個地步……對不起。」

不知怎地就道歉了。**難道這是古怪前輩預測到她想商量的是很難開口的事情，所以打算拒絕而用的手法嗎？**三步胡亂猜測。那要是前輩的作戰策略的話，就幾乎成功了，三步簡直要害怕起來。

但是今天絕對不能退縮，這樣下去的話，高級奶油麵包跟披薩就會繼續是為了別人而吃的啦！三步才不認輸。

「現在就可以喔！」

「要，要是『仍』的話，希望可以『師』下。」

又咬到舌頭，還兩次。一句話咬到兩次舌頭三步自己也完全沒料到，一次的話是日常。

「哎——，好麻煩啊。」
真是，立刻就說這種話。
「沒有啦，可以喔！那就一起去吃午餐吧！不去食堂去其他地方。」
「啊，好的，拜託了。」
兩人面對面吃飯，雖然是自己拜託的，但三步還是開始緊張了。
這麼說來，她有跟溫和前輩和可怕前輩一起吃過飯的經驗，但跟古怪前輩還是第一次。被吃掉的危險，古怪前輩應該不至於。
三步沈浸在約好了一起吃飯聊天之後奇妙的緊張感，還有反過來達成一個目標的安心感之中。古怪前輩很快地走出了休息室。三步望向時鐘，只剩一分鐘就要開始工作了，她急忙在電腦上打了上班卡，好危險喔！
她記得好像有誰說過，認真工作的話，很快就會到中午休息時間。但她現在並沒有這種感覺，今天也漫長地度過了上午的工作時間。
好了，吃午飯啦！三步跟平常一樣回到更衣室，要解下圍裙時，卻被人捏住了後頸。

「這位小姐，借一步說話好嗎？」

她嚇了一跳轉過身，古怪前輩古怪地登場了。旁邊的可怕前輩並沒有什麼特殊的反應，正經地解開了圍裙，早就習慣了。平常可能還會想多捉弄她一下子，但今天這樣剛剛好。

三步被捏著後頸走到置物櫃前，兩人分別穿上禦寒的衣物。然後古怪前輩用繩子綁住她的手，把她拖出了圖書館；當然這只是比喻而已。

在寒冷的室外縮著脖子跟著前輩走，八分鐘之後，她們來到外觀看起來就很時髦的咖啡廳。

「妳來過這裡嗎？」

「沒有，沒來過。」

位於大學附近，周圍是普通的住家，要不是前輩領路，她應該不會知道這個地方。

「學生們跟圖書館的員工都不來這裡，我偶爾會來。」

推開看起來好像很沈重事實上並非如此的門，進入店內，店裡有咖啡的味道和微微的煙味。白色裝潢的店裡，只有兩個一面喝咖啡一面聊天的歐吉桑。聲音跟店裡的背景音樂一樣沈靜得恰到好處的女性店員，建議她們坐在窗邊，兩人順勢入座。接著各自翻開菜單，有義大利麵、三明治跟漢堡，三步肚子裡從剛才就一直咕咕叫的蟲這下子歡呼起來，而且價錢非常有良心，這讓三步的錢包大呼快意。

「決定了嗎？我要蔬菜三明治。」

「哎，嗯，那我要，漢堡。不，哎，咖哩抓飯好了。」

三步本來要追隨慾望點漢堡套餐，但心想兩手拿著刀叉狼吞虎嚥的樣子，不太適合跟前輩討教，即時止住自己。好危險啊！

咖哩抓飯適不適合她不知道，但用湯匙就可以吃她覺得應該是沒問題吧！而且她昨天想到披薩的時候就想吃咖哩口味的，三步特別推薦蒙特利的咖哩披薩。

她們跟店員點了兩種飲料，橘子汁跟冰咖啡很快就送上來了。

就不能多給一點時間讓我想想該怎麼開口嗎？三步心想。**不能責怪店員吧，送都送上來了，現在可怎麼辦呢？**三步噘著嘴思索。

槍打出頭鳥，古怪前輩用紙袋包裝的吸管戳著三步噘起的嘴。不是指著，是戳著。

「是上次妳蹺班的事情嗎？」

三步忘了人家正用吸管戳著她，驚愕地點頭，這下子吸管的尖端戳進了鼻孔裡。

「嗚哇，啊，對不起，換一根吸管吧！」

三步拿過前輩戳到她鼻子的吸管，把自己的吸管遞出去。就算吸管沒有開封，但戳進自己鼻子裡的吸管，怎麼能讓別人再用呢！

「嗯——」

「那個，哎，對，是的。那天的事情。」

「不會說的喔——，不會對任何人說。」

古怪前輩帶著慣常的笑容有點得意地點點頭，雖然隱忍著，卻還是用聽起來有點嫌麻煩的聲音這麼說。

「不，不是要堵住您的嘴。我是，那個，您一直到現在都沒說出來，我很感謝。但我要說的，不是那個。」

三步渾身都緊張起來了。

「那是什麼？」

「那個，我，是不是應該，跟大家說實話啊？那個，我想跟您商量。」

說出來了，她說出來了。總之，先把自己真正在煩惱的事情說出來了。

三步想過了，自己心中的煩躁不安，是因為罪惡感造成的，這樣的話，只要說出實話，接受責罰就能夠平息了吧！一定是這樣的。

那就鼓起勇氣道歉就好了，之所以沒有這麼做，是因為不確定到底該不該明說。

承認自己的過錯，接受責罰讓自己輕鬆，也未免太任性了一點，生氣是需要花體力和精神的。要是有同事因為這樣開始討厭三步的話，那三步就讓別人費了精神和力氣討厭自己了。

因為怕被人罵，怕被討厭，所以不想說實話這是真的。但同時三步也想好好被罵，想讓人家認為她不是好孩子，然後讓自己如釋重負，鬆一口氣也是真的。

到底哪種作法比較任性自私呢？三步雖然思索過了，但仍舊是不明白。也因為不明白，所以想跟唯一共有那天秘密的前輩商量，那個時候放過三步的前輩。

三步挑著重點結結巴巴地說，她非常認真非常努力，真的想知道答案。古怪前輩默默聽著她說完話，用吸管吸了一口冰咖啡，在提出建議前嘆了一口氣。

「怎樣都可以不是嗎？」

「怎樣都可以……」

「妳想怎樣就怎樣啊！」

「那個，話雖如『尺』……」

咬到舌頭了。和她期待的相反，古怪前輩隨便地回答她。

咦？她是不是選錯商量對象了？果然不應該找平常在心裡稱為古怪前輩的人商量吧？三步心裡這麼想著。但是只憑這幾句對話就下判斷，也未免太沒有禮貌了，她試著回應對方。

「我不知道該選哪一種才好。」

「但妳是因為想蹺班，所以那時候才蹺班的吧？」

「嗚，對。」

「然後妳不想被罵，所以說了謊。」

「嗚，嗚嗚。」

嗚喔，肚子痛起來了。

「那麼就這樣不好嗎？既沒有干擾到任何人，那天雖然說人手不足，但因為是創立紀念日，圖書館也幾乎沒有人，不是嗎？」

是的，當時她也想到了這一點。但事情並沒有這麼單純，因為真正困擾三步的，並不是有沒有人因此受到了傷害。

「既然妳有在反省，那就不用困擾了啊！」

「因為我，受不了自己，我不也想繼續這樣。」

所以，她想讓人家罵她，想讓自尊心跟周圍的評價相符而已。

人會在取得心理平衡的時候，感到神清氣爽。就像覺得自己是天才的時候，或是被人誇獎覺得開心的時候一樣。雖然三步自覺是天才的時候，周圍的評價幾乎從來沒有相符的。

「到底該怎麼辦，才好啊！我一直在想。」

古怪前輩聽著三步抓不到重點的煩惱，朝著抱著腦袋的三步，輕輕地噗嗤笑起來。

三步聽見古怪前輩的笑聲，抬頭盯著她。

「真是沒辦法啊！」

前輩帶著笑容說，這次完全不隱藏覺得不耐煩的樣子，搔了搔鼻頭。

「那個啊，」

「嗯啊。」

「三步說了受不了自己，對吧！」

雖然前輩話才說到一半，三步就嗯嗯地點頭，因為她覺得前輩好像要提點她某種新的想法，好像開始有助跑的氣勢一樣。

「對，是這樣的。」

「沒關係喔——」

因為大家都喜歡三步？

「三步說受不了自己，但我啊，比三步更受不了三步喔——」

咀嚼咀嚼咀嚼咀嚼咀嚼。

「…………嗯？」

雖然很古怪，雖然難以理解，但從三步開始工作時起，就總是帶著笑臉，教導她各種各樣的事情，其實是個普通的好前輩的人。

三步好好地咀嚼了，吞嚥下去，找到了自己的消化方式。

「那，對，但是，沒錯，很狡猾，確實令人受不了。」

「不是，錯了錯了。」

啊，錯了？古怪前輩苦笑著在眼前擺動著手。**啊，消化不良。**

「從三步來圖書館開始，我就一直很受不了三步。」

「哎——」

「不管罵妳多少次都還是犯同樣的錯誤，奇怪的思考方式和行動給別人添麻煩，還有就是老做白日夢發呆，其他的孩子們還都喜歡三步。總之，她們那樣我也很受不了。」

啊，難道——。三步心中對古怪前輩可能話中有話產生了期待的心情。

「順便說清楚，這可不是因為有愛才想欺侮喔！」

啊，錯了吔！

「雖然那個魔鬼教官一樣的孩子，覺得三步這樣可愛的要命，但我卻不是。真要說的話，我不喜歡三步這樣的孩子。」

「不，不喜歡？」

「對。」

「但是也，不討厭？」

「到底是怎麼樣呢？」

有如此殘酷的猜謎嗎？問題來了。眼前職場的前輩討不討厭我呢？讓我們好好想想。

「等，等等等等，請等一下。」

雖然並沒有人催她，三步卻要求暫停。剛好咖哩抓飯也送上來了，總之，她先吃一口好鎮定下來。當然不可能這樣就鎮定了。

哎，那句話，什麼意思？我不是要跟前輩商量的嗎？為什麼突然變成喜歡還是討厭了？

說老實話，三步早就知道自己並不是什麼萬人迷。

有人會覺得她那種遲鈍的個性讓人不耐；也會有人覺得她看起來很怕生，卻不時有大膽的舉動很煩人；還有人嫌棄她常常口齒不清；也有人說飯量很大看起來不端莊。長相、聲音、髮型、身高等等，一定也有其他人受不了自己的這些部分。

人不會無條件喜歡別人的，這點三步很清楚。當然圖書館裡也會有不喜歡自己的人吧。但因為大家都是社會人，所以表面上是正常相處禮尚往來而已。

即便如此，這樣堂而皇之地跟本人這麼說，而且還是之後必須每天一起工作的人，這樣真的好嗎？真是令人搞不懂。

然後，這到底跟之前談的主題有什麼關係？

三步達成了一個不太好的結論。

「哎，要是討厭的話，是要我快點辭掉圖書館的工作嗎？我蹺班了。」

原來如此，上午古怪前輩說的話是伏筆啊！

「不是，錯了錯了。」

又錯了啊！

「啊，那為什麼突然說起不喜歡我呢？」

她心中慢慢浮現疑惑，還夾雜著一點恐懼。就算知道，還是害怕。三步害怕，害怕被人討厭。

剛才古怪前輩說了，其他的同事喜歡三步，但被人喜歡的開心雖然可以淡化被人討厭的恐懼，卻不可能完全消除。

古怪前輩吃了一口跟咖哩抓餅一起送上來的蔬菜三明治。

「對啊——」

前輩用令人焦急方式開口說。

「被叫出來聽囉哩八唆無關緊要的煩惱，所以覺得三步很煩。」

「嗚喔——」

「也不是沒有這種感覺啦——」

第二口。

「我想說的是，有點狡猾也不是那麼糟糕的事情。我啊，確實不喜歡三步，但要是有人問我是從什麼時候開始覺得可以喜歡三步的，我會回答就是從那一天開始。三步說了謊，然後用看共犯的眼神望著我的那一天。」

自己用那樣的眼神看她了嗎？估計確實如此吧！好吧，這無所謂。聽到開始覺得可以喜歡三步，讓她耳聾腦殘心臟怦怦跳了，為什麼？

「這個孩子，有自己很狡猾的自覺啊，我安心了。在那天之前，我一直都覺得三步是那種所謂的自然呆萌的類型。好吧，我很討厭自然這個詞啦！」

「這，這我明白。」

是不是到了「討厭」這種強烈情緒的程度三步不清楚，但這樣的話她真的不愛聽，理由就跟古怪前輩所想的一樣。

她活到現在，總是不斷地被人家說她如何自然又自然，分明自己是有認真思考而生活的，絕對不是什麼神明或者精靈賦予她生命。**什麼自然啊！我們大家不都是爸爸媽媽製作出來的人工產物嗎？**她曾經在大學的聚會上喝醉了不由得脫口而出，結果每個人都倒彈三尺。在那之後她再也沒說過這種話，但心裡仍舊覺得自己並沒有錯。

有自己很狡猾的自覺讓前輩感到安心，然後還說討厭自然。這麼說來，自覺狡猾的後輩不是自然，所以可以喜歡，是不是這個意思呢……

那自覺狡猾了然後煩惱的人，到底算什麼？三步左右甩著腦袋。

「啊！」

「怎麼啦？」

「那麼，那個，前輩說：『**三步也很狡猾呢！**』那句話。」

她本來以為是諷刺。**妳很狡猾**，這樣揭穿她、指責她。

「我這麼說了嗎？好吧，我心裡一定想著，唉喲——」

這樣啊！三步鬆了一口氣，但她馬上察覺前輩的話只是開端。就算不自然，就算有自覺，自己狡猾的事實仍舊沒有改變。

「所以，狡猾並不是壞事嗎？」

三步自己在腦中建立了論點，就算沒有對話，她也還是用了沒必要的「所以」或「但是」之類的詞。才不是什麼自然，她只是不擅言詞而已。

「我會覺得狡猾果然並不是，壞事。」

對，要不是如此，即便只是在心中責怪被自己狡猾蒙混過的人，到底算什麼呢？

「那麼，就算是壞事也無所謂啊！」

前輩反轉得真快，所以她才能那麼開心地跟並不喜歡的後輩相處吧！

現在回想起來，啊，有點想哭。但是，仔細回想一下，可能不時有一點預感也未可知。這麼說來，她和這位古怪前輩只在上班的時候說過話，也不知道對方在想什麼。

「但是，要我說的話，我覺得三步不僅不自然，還總是更狡猾呢！」

「嗯——，哎？」

什麼啊，更狡猾？比蹺班騙同事自己生病，還讓她們擔心的更狡猾的事？還總是這樣？三步把腦袋歪向一邊。

狡猾。在指定丟垃圾日之前就把垃圾拿出去？在超市選保存期限比較久的商品？在工作的時候偶爾會在沒人看見的地方玩手機？

這麼想來，她好像真的故意做了不少狡猾的事情，但這些都很難定義為更狡猾吧，而且也不是總是。

「不明白嗎？」

「不，不明白。」

「妳活到現在，有過因為妳是三步，所以被原諒的事情吧？」

因為是三步。

「那就是狡猾啊！」

三步仔細思索。自己確實被人這麼說過，而且還是，很多次。跟被說自然比起來不知道哪一種比較多，但她確實知道自己被人這麼說過。

真是——遲到了啊——。真是的，因為是三步啊——。

忘記帶講義？因為是三步，所以會發生這種事。大家常常這樣原諒她。

這次的負責人是三步，所以大家要多幫忙喔！好——

確實有過。她開始覺得不好意思了，而且覺得大家真的很溫柔，由衷感謝大家。但是對了，仔細想想「**因為是三步**——」這句話到底是什麼意思？

意思是，換成是別人，就不行。也就是說，只有自己才獲得寬容。三步就是這樣在別人的寬容下活過來的。

這或許就如前輩所說，是更加狡猾的事情。

「啊啊，等，等一下，我沒想讓妳哭的！」

「我沒哭。」

三步覺得眼眶裡含著眼淚，不能算哭，眼淚要流下來才算。在這個階段能忍住的話，就還算安全過關。

為了賦予心靈和淚腺力量，她大口吃著咖哩抓飯。好吃！超級，好吃！胃裡有了熱度。

「真是的——」

古怪前輩露出困擾的笑容，嘆了一口氣說。雖然跟嫌煩有點不一樣，但還是在被自己弄哭的後輩前面嘆氣了。

那聲嘆息，觸動了三步的心靈。不知怎地……

不知怎地，這個人，怎麼說呢……不知怎地。在此之前，一直對自己很友善的前輩不喜歡自己，讓她覺得很難過，也有回想起自己的各種缺失而受到的驚嚇。但不知怎地……

不知怎地，想把前輩揍飛。當然這是遷怒，啊啊——，完全是遷怒。

這一個星期，她一直都忍受著討厭的自己，雪上加霜的是，還被指出自己更討厭的部分。她打心底覺得自己得反省，得好好改進，她討厭自己。

但是，這有必要特地現在說出來嗎？後輩說有煩惱想跟前輩商量吔，結果前輩說狡猾也沒關係！「**反正妳一直都這麼狡猾，現在還煩惱什麼啊！**」把人當傻子喔！好好好，這不過份嗎？

「前，前前前，前輩妳也，」

「嗯？」

「妳也是怪人，所以別人也會遷就妳，不是嗎？我一直都覺得妳是古怪的前輩，所以妳說各種奇怪的話時，我也心想真沒辦法啊——」

她是打算反擊的，對三步而言，是全力反擊。完全超越了想讓對方受傷，想讓對方道歉的層面，只是因為不開心了所以純粹想反擊而已。

然而，古怪前輩只微微點頭，認可了三步說的話。

「對啊，我們都是這樣活過來的呢！」

三步抿緊了嘴。

「做著狡猾的事情，對別人說謊，但是不活下去不行。不想覺得自己是這種討厭的人，所以對別人撒嬌，接受別人的包容，然後必須稍微反省一下。我覺得只能這樣活著，至少我認為只要有自覺這樣活著就可以了。我喜歡有自覺的人。」

幹嘛突然說這個啊！

「嗚，哎，啊。」

三步想說，卻不知道想說什麼，嘴巴不斷開闔。

「妳知道我最難以接受的是什麼類型的故事嗎？」

前輩突然問這了種問題。**誰知道啊！**

「我不知道。」

「小孩啊、從別的世界來的啊、不通人情蒙混過關的啊，這種純真人類的價值觀，動搖了周圍大人定型價值觀的那種故事。好像雖然傷痕累累卻努力生活下去的大人。我認為是不對的，也討厭這樣。」

三步也不是沒想起幾本這樣的小說或是漫畫，但這些現在都無關緊要。其中還有她喜歡的書，後來還跟這位前輩說要開讀書會。

但現在三步有更該說的話。

「那就傷痕累累地活下去不就好了嗎？」

「不對，有點不一樣。」

又錯了。

「說謊跟狡猾耍心機，三步也說是不對的，不是嗎？肯定是這樣沒錯。狡猾是不對的，但是自己有自覺，而且會反省，那我就不會說要點狡猾的小手段活下去的大人是不對的。三步不是覺得自己做錯了嗎？我可能還沒有開始喜歡三步，可是，」

認真說話的前輩，以前所未見的認真態度說話的前輩，面對不喜歡的人直說不喜歡的古怪前輩。果然還是會努力對不喜歡的人，盡全力做出明快的笑容，雖然是不是做出來的，三步不知道。

「妳沒錯。這樣的小事，前輩還是可以包容妳的。」

聽到前輩的話，三步心想：**全部全部全部，都不行**。

「為什麼突然說，這些啊！妳這個人啊啊啊啊——」

「等一下，我都說了，不要哭！夠了！就這麼一點小事。」

「我『麼』有哭！」

只不過突然接收了這麼多的訊息，各種不同的情感爆發出來了而已。**開什麼玩笑啊啊啊啊——**

這種氣勢和精力得有地方發洩才行，她想用這股力量揍飛古怪的前輩。然而三步只能拿著湯匙把剩下的咖哩抓飯拼命往嘴裡塞。**好吃，果然好吃！**

「妳幹嘛啊，真嚇人。」

品嚐美食的途中，聽到前輩這麼說。

但三步管不了這麼多了，反正這位前輩又不喜歡自己，讓前輩覺得嚇人，覺得討厭也沒關係吧！

嘴裡的咖哩抓飯，不知怎地，確實是自己在吃的味道。

☼ ☼ ☼

「古怪前輩，我有事情要問妳。」

「喔，怎麼啦？又忘記了嗎？腦筋秀斗啊妳。」

她跟古怪前輩歡樂地進行這種對話。

「妳們在搞什麼鬼啊！」

見怪不怪的可怕前輩驚訝地說道。

不對，不是驚訝這種馬馬虎虎的感覺，而是想說「**妳們這些傻子別亂來**」的這種眼神。

「因為是三步，所以稍微捉弄一下也沒關係吧！」

「對，這位前輩是個怪人，所以說些怪話也沒關係。」

兩人這樣告訴可怕前輩。

「不知道妳們在玩什麼遊戲。」

可怕前輩無可奈何地說，然後轉身繼續做自己的事。

今天，三步又讓完全不掩飾不耐煩的前輩，教她怎麼做事。**記筆記，盡力不忘記。**

「就是這樣，不要忘記了。我可不跟什麼人一樣，覺得笨手笨腳的三步好可愛啊——」

「好的，我明白。」

雖然三步並不認為可怕前輩這麼想自己。

「但是老實說我沒自信能辦到，要是我忘記了的話，還請提醒我。」

「真是麻煩啊——」

古怪前輩苦笑，她的表情跟台詞很可能是認真的。

這麼一想，三步覺得有點難受，但即便她是認真的，三步也並不會想避開這位前輩，或是不想跟她說話。

因為三步樂觀，因為三步自然，因為三步呆萌，或許也有這些原因，但其實並非如此。

古怪前輩在圖書館其他員工面前，是不會露出這種表情，說這種話的。只因為自己是三步，所以才看得見聽得到。其他人不會對她說：**腦筋秀斗。說什麼啊！揍飛妳喔！**

沒關係，因為是三步，就以對三步的方式包容，不隱藏討厭也沒關係。這她很明白。

既然這樣，三步決定以這位前輩為對象，立下一個遠大的目標。

這是她在這個圖書館實現夢想的第一步。

讓大家接受真正的三步，那也就是不讓大家對她漠不關心。只要不是漠不關心，接下來就讓別人喜歡自己就好。

因為是三步，所以喜歡。這個可能性真是太棒了啊！

這種想法或許很樂觀、很自然、很呆萌，別人怎麼說都無所謂，在夢想的大道前，這些都是微不足道的小事。

實現的時候，她就要說出心底的話，而且自豪地說出來。

我呢，能身為三步這個人並認識你，真是太好了！

麥本三步喜歡今天

麥本三步沒睡覺的話，就是醒著的。

雖然這是廢話，但三步現在並不想醒著，因此她想表示現在醒著這個事實對自己而言，並非理所當然。

要是問她想對誰表示，那三步會回答，稱讚她醒來的某個人吧！

因為要上班，今早也不得不離開溫暖的被窩，她覺得非常不滿，其實她想睡到十點左右的。

躺在拉上窗簾的房間床上，把比預定時間早一點響起來的鬧鐘按掉，在被窩裡玩手機、郵件、推特、娜塔莉娛樂網[6]。每天慣性瀏覽的網站全部看完之後，終於非得要開始準備上班了，但心情跟身體都很沈重。

當然，她身體健康得很，精神也好得要命，只是嫌麻煩，懶得動，她想一直跟舒適的被窩在一起。以前蹺班之後自律了兩星期，每天早早起床出門上班，但那已隨風而逝，熱度早就煙消雲散了。

我現在只是想跟非常喜歡的東西在一起，不行嗎？三步半是玩笑半是認真地思忖著。用臉蹭著床單，蹭啊蹭啊。

大學的時候真好，可以自己決斷第一堂不排課，睡到自然醒，玩手機，繼續看手邊閒書都沒問題。然而進入社會之後，起床的時間和鬧鐘的嘈雜都回到了高中時期，不進反退。

這麼說來，大學是人生的頂峰，回頭的地點。

現在不是悲觀思考的時候，上班的時間越來越逼近了。

三步為了讓自己脫離被窩的誘惑，鼓起力量——不是身體的，是腦袋的力量——她集中精神，想像畫面。其實三步昨天聽前輩說了，今天早上氣溫很低，早就有起床困難的心理準備，所以已經想好對策了。

早餐，是她最喜歡的乳酪蒸麵包。這是從一件喜歡的事物，交棒到另一件喜歡的事物。從被窩到乳酪蒸麵包的傳球，這是三步的便宜絕招。乳酪蒸

6　娜塔莉（ナタリー），是一個日本娛樂新聞網站，主要提供流行音樂、漫畫、搞笑藝人、電影等娛樂相關領域之新聞，亦經營線上購物服務。

麵包、乳酪蒸麵包、乳酪蒸麵包，香軟甜美入口即化的乳酪，歐吔！

三步打定主意，咬牙推開被子，然後又立刻拉回被子蓋住身體。**啊，不行，果然好冷。**醒來之後，她已經把暖氣的設定溫度調高了兩次。

乾脆就這樣去上班吧！應該不行吧！

要是大城市的話，會有很多人穿著不知道是什麼玩意的時髦衣服上街，那穿著被窩應該也可以吧！三步這麼思忖著。

她以前曾經睡到迷糊直接穿著睡衣出門上班，是周遭的視線讓她清醒過來，羞得滿面通紅，當場不好意思到手足無措。真是黑歷史啊！

結果三步還是沒能一鼓作氣地從被窩裡跳起來，妥協的結果，是裹著毛巾被起身。首先拉開窗簾，外面很晴朗，不下雨很好，但輻射冷卻果然讓人很難受。

嗚嗚，好想躲回床上。雖然這麼想，但要是這麼做的話就完了。

三步裹著毛巾被在桌邊坐下，拿起放在桌上的乳酪蒸麵包打開袋子，但立刻又站起來，她想起忘了飲料，於是拖著腳走向廚房。盡量不把手從毛巾被裡伸出來，慢吞吞地在茶壺裡裝水，然後按下開關。

「嗡嗡喔喔」茶壺發出好像在蓄力的聲音。**能用茶壺做豆皮嗎？用筷子挑起來的時候，好像會燙傷**。她一面想著，一面茫然地望著黑色的茶壺。水一下子就燒開了，她在馬克杯裡放了一個茶包，倒進開水，杯子是以前在出版社工作的好朋友送給她的。

三步喜歡看著茶包在熱水裡漸漸地泡開，就像是泡澡的時候看著身體的血色越來越好一樣，光看就覺得身體都溫熱起來了。茶包在熱水裡搖晃的樣子，像是自己偶爾去澡堂的時候，放鬆地讓浮力托起全身一樣。

今天出門的目的地，要不是去上班而是去澡堂就好了，人生就是這麼地艱難啊！

紅茶的成分溶入熱水中。三步在拿出茶包的時候，紙標的部分當然也掉進熱水裡了，只好用叉子挑起來，然後用手捏住。**好燙！**她把手指鬆開了一下，再用叉子挑著茶包在熱水中上下浸了一下，把成分都壓入水裡之後，連同叉子一起放進水槽，冷了之後再丟掉。

三步把馬克杯放在桌上，在桌旁坐下，終於開始吃早餐。她望著已經打開的乳酪蒸麵包的袋子，心想：**什麼人這麼好心幫我打開了啊？**一面開自己玩笑，一面喝著紅茶。

伴隨著咕嘟聲一起進入體內的紅茶香味醇厚，帶著一點點的苦澀和賦予三步身體勇氣的溫度。真是令人感動的一口，最冷的日子馬上就要過去了。

在這樣的早上，喝茶包泡的紅茶也能感覺如此幸福，那麼在極寒之地喝最高級的奶茶的話，搞不好會感動到死呢！死因是什麼呢？凶器就是那份溫暖吧。

總而言之，三步全身在紅茶和暖氣的效力下漸漸溫暖起來，她心想：**太突然是不行的**。於是慢慢地試著解開身上的毛巾被，簡直像是破繭而出一樣。**嗚——，還是很冷，但沒有到不能忍受的地步**。她把毛巾被揉成一團扔到床上，決定要獨自生存下去。再見了，毛巾被。

三步用手包住冒著熱氣的馬克杯暖手，緊緊握住好像會燙傷，所以保持著好像碰到又好像沒碰到的距離享受著溫度。

指尖暖起來之後，她伸手拿起乳酪蒸麵包，把手指伸進袋子的開口，輕輕地夾住麵包。柔軟的蒸麵包，要是用力就會捏扁，柔軟感浪費掉就太可惜啦！因此她輕輕地把麵包拿出來，展現其神聖的全貌。

在此過程中，封閉在袋子裡的香味飄散出來，刺激著三步的鼻腔和空腹。馥郁的香味，讓三步覺得乾脆設計出能噴發這種香味的鬧鐘好了；但要是宿醉的早晨，鬧鐘的啟動反而讓人想吐就很糟糕，還是算了吧。話說回來她是文科生，根本不具備這種研發的技術。

三步輕輕撕開麵包周圍的薄紙，雖然很小心，碎屑還是落在桌子上。三步兩手拿著喜歡的麵包，終於咬了下去。

「…………………嗯嘻嘻嘻嘻嘻嘻嘻嘻。」

這麼好吃讓她不由得笑出來。口感柔軟香味馥郁又甜又清爽，美味對胃也好，不用牙齒也能吞下去，在嘴裡融化之後齒頰留香讓人難忘。

你也很受歡迎啊！乳酪蒸麵包的美味，再度讓三步感嘆不已。只吃一口，就讓三步比剛才精神提高了兩倍，於是第二口、第三口地接著吸收，她發出喜悅的嘆息。

甜味讓三步徹底清醒了，她拿起桌上的遙控器，打開電視。雖然門窗都沒開，卻有空氣對流的感覺，但事實上空氣並不流通。**好冷！**

她用遙控器換台，決定看迎接春天的甜點特集之類的節目。三步喜歡甜點，不喜歡時事節目；她對好吃的東西有興趣，對不認識的人大發議論興致索然。

甜點特集宣傳了百貨公司地下街賣的草莓蛋糕，看起來很好吃。百貨公司太遠了，那就下班後到便利商店買蛋糕回家吧！最近便利商店的甜點水準都很高，之前吃到的巧克力蛋糕，實在太好吃了。那是怎麼搞的啊！到底工廠裡得需要多少大廚才行？

想著這些蠢事的時候，乳酪蒸麵包掉了一大塊在地板上。三步慢吞吞地彎腰想要撿起來，額頭卻撞到了桌子，痛到眼淚都要流下來了。但在自己住的套房裡，沒人吐槽她的蠢樣。她撿起麵包，摸著自己的額頭，咀嚼已經塞進嘴裡的乳酪蒸麵包。

三步突然想起從大學時代開始就負責吐槽的朋友，那跟送她馬克杯的不是同一個人，是一位開朗明快的女性朋友。

「嗯哼。」

就算舌頭不能直接感受到麵包的甜美，想起喜歡的人事物，就算伴隨著痛楚，也能感到幸福。

三步喜歡朋友糾正自己笨手笨腳。進入社會後，她還是每天被人糾正；但朋友是不一樣的，那是有愛的吐槽，絕對不會取笑她笨拙或呆傻。在現在的職場也並沒有人取笑她，只不過因為業務上的失誤會被罵，她會想哭。

今天也會被罵吧！三步一面覺得討厭，一面悠閒地喝著紅茶。

要說哪裡悠閒了，她想起來常常生氣的前輩的面孔。**不生氣的話，分明那麼可愛啊**！三步想像著前輩身著絕對不會穿的蘿莉服裝，在書架間走動的樣子，就不由得微笑起來。

她確實戲耍了前輩，但也確實討厭被罵。其實她活到現在真的捱過的罵並不多，高中和大學只要乖乖上課，基本上就不會有事，大學時她也打過工，但也沒有被大聲斥責過。那麼為什麼呢？長大成人之後，就常常惹別人生氣。因為已經不是孩子了，她希望能多得到稱讚得以成長啊！

三步懷舊地心想，**果然還是以前好啊**！她把乳酪蒸麵包在紅茶裡稍微浸了一下，放進嘴裡，咀嚼，浸一下再吃。**我真是時髦**！她愉快地思忖著。

她看著電視。春天已經到了啊！又是一年了，時間過得真快，不知怎地有點感傷。但是時間雖然過得很快，她卻不討厭。

三月的連假，三步跟朋友約好了要出去玩，那天快點到就好了，她已經等不及了啦！

好了，好了！三步在腦袋裡給自己打氣，把剩下最後一塊乳酪蒸麵包塞進嘴裡站起來，已經到了非得準備出門不可的時間了。

之前她都會拖到最後一刻，才隨便整裝出門，但是因為睡衣事件遲到被罵之後，她便聽了前輩的忠告，提早出門。

「就算是烏龜，只要先出發，也未必會輸給偷懶的兔子啊！」

那個時候前輩跟三步如此說道。

說烏龜贏了不行嗎？平常會把後輩比喻成烏龜嗎？但她沒辦法這樣回應前輩。

三步對著鏡子整理睡亂的頭髮，吐了吐舌頭。我的舌頭可真長，竟然能舔到鼻子。

不要做蠢事了，快點刷牙吧！三步刷牙的時候，沒辦法站著不動，她會一面刷牙一面在屋子裡走來走去。看見昨天塞在信箱裡的超市特價宣傳單掉在地上，她撿起來看。刷刷刷刷，呸。

「撲低，忒家。」

她說的是：**布丁特價**。

三步決定好今天下班後的路線，這個價錢的話可以買三個，真是令人期待啊！

徹底刷了牙，漱了口，她下定決心，吞了一下口水，一口氣把睡衣脫掉。把上身下身一起扔到床上，快速打開衣櫃，拿出襯衫和對襟毛衣，很快地穿上衣服，再迅速地抓過一條乳白色的休閒褲穿上，卻不小心絆到倒地，她忍著手肘的疼痛，維持倒地的姿勢繼續穿上褲子。這樣就完成了上班準備的第一步。

三步俐落地起身，感覺到手肘陣陣疼痛，衣服上也沾了灰塵。她用手拍掉灰塵，但疼痛卻揮之不去，不過至少換衣服的時候沒那麼冷了，她覺得挺好的。

三步一面揉著手肘一面在椅子上坐下，現在開始出門前的最後步驟——化妝。因為今天偷懶沒做便當，所以這就是最後工程了。

非常嫌麻煩又馬虎隨便的三步，其實並不討厭化妝的時間。雖然她不會精心裝飾，但化著上班時的自然妝容，她總是感到很開心。

是因為三步特別漂亮，所以熱衷於讓自己的面孔更加美麗嗎？當然並不是這樣。只不過她會夢想著，總有一天，化個不只是比較深的口紅和眼影，而是像職業摔角選手一樣正規的濃妝，這讓她十分興奮。

當然三步並不只是懷抱著這樣的夢想，也會想遮掩現實中存在的外觀瑕疵。她其實不喜歡因為自己的童顏，而讓別人覺得她內心也是個小孩。

職場的姐姐們都說她可愛，但那跟稱讚填充玩具的意思差不多，不是嗎？當然她不能當面跟人家這麼說，所以三步覺得自己化了妝，看起來比較有大人樣。雖然她跟職場的前輩們見面時，也總是化了妝，但這點只好忽略不計了。

她笨手笨腳地化完妝，瞥向電視，離平常出門的時間還有七分鐘，時間很充裕。總之，一大早就被罵的可能性已經排除了，真令人開心。

三步坐在椅子上，一面喝剩下的紅茶，一面無所事事地看著電視。她並不是找不到事情做，而是三步喜歡這種什麼也不用做的時光。

早上起床準備好，隨時可以出門上班之後多出來的時間，就像是褒獎自己做得好一樣的甜美時光。這是她開始工作之後的新發現之一。

三步想著今天一天的計畫——

腦海中浮現了是否能不出差錯順利度過的擔憂，以及會不會被罵的憂慮，然後就是一大早吸進圖書館空氣的期待、選擇午飯要吃什麼的期待、看著容易生氣的前輩午餐時使用筷子技巧的期待、選擇晚餐的期待、買布丁來吃的期待。啊，這麼說來，今天的音樂節目她喜歡的歌手會出場，她想起來了。

三步將腦中的念頭整理過一遍，覺得有好多的期待啊！於是，把自己覺得去上班好麻煩這件事，完全忘記了。

「嗯哼。」

只要能想著這些期待，那麼上班或許也可以成為乳酪蒸麵包的接棒。

因為有很多喜歡的事物，只縮在被窩裡實在太可惜了，還是去上班吧！

這麼想來，開始對今天充滿了希望。

大學時代確實很快樂，但是之前吃的巧克力蛋糕的味道，都已經不在舌尖上了。要想再度嚐到，那就必須嘗試新的口味才行。而這只有現在的自己才辦得到，因為想吃的是現在的自己，沒辦法把這些樂趣讓給過去的自己。

回頭的地點肯定是沒有的，今天也只能勇往直前，否則就不能體會到今日的樂趣。

三步決定下班之後，還要去買超市的巧克力蛋糕。

她站起身來，已過了八分鐘，該出門了。她拿起遙控器對準電視，畫面上接受訪問的小學生正在熱心地敘述自己喜歡的點心。結果除了那個孩子非常喜歡巧克力之外，其他什麼也沒講清楚，但三步的嘴裡已經充滿了對巧克力的期待。

巧克力蛋糕還是要買的。她思忖著，然後把電視關掉。

沒有任何大事發生。

沒有謎題，沒有事故，也沒有幻想。

在這樣的每一天中活下去，應該也沒有什麼變化吧！她心想。

但是，三步希望能盡量講述自己喜歡的事物，而不是討厭的東西。

麥本三步就是這樣隨處可見，謹慎謙虛，同時也奢侈的大人。

「**過去的我，已經不能回頭了**。」

那天，三步發現自己又犯了以前犯過的錯誤時，如此解釋道。

於是又被罵了！

麥本三步的日常仍舊持續。

（全書完）

麥本三步喜歡什麼呢？

作　　者　住野夜 Yoru Sumino
譯　　者　丁世佳 Lorraine Ting
發 行 人　林隆奮 Frank Lin
社　　長　蘇國林 Green Su

出版團隊
總 編 輯　葉怡慧 Carol Yeh
日文主編　許世璇 Kylie Hsu
企劃編輯　許世璇 Kylie Hsu
責任行銷　朱韻淑 Vina Ju
封面設計　許晉維 Jin Wei Hsu
版面構成　譚思敏 Emma Tan

行銷統籌
業務處長　吳宗庭 Tim Wu
業務主任　蘇倍生 Benson Su
業務專員　鍾依娟 Irina Chung
業務秘書　陳曉琪 Angel Chen
　　　　　莊皓雯 Gia Chuang
行銷主任　朱韻淑 Vina Ju
發行公司　精誠資訊股份有限公司
　　　　　悅知文化
　　　　　105台北市松山區復興北路99號12樓
訂購專線　(02) 2719-8811
訂購傳真　(02) 2719-7980
專屬網址　http://www.delightpress.com.tw
悅知客服　cs@delightpress.com.tw
ISBN：978-986-510-142-8
建議售價　新台幣360元
首版一刷　2020年12月
二版一刷　2021年03月

國家圖書館出版品預行編目資料

麥本三步喜歡什麼呢？／住野夜著；丁世佳譯.
-- 二版. -- 臺北市：精誠資訊, 2021.03
　面；　公分
ISBN 978-986-510-142-8（平裝）

861.57　　109009228

建議分類｜文學小說．翻譯文學

【原書 STAFF】
麥本三步角色扮演：MOMOKO GUMi COMPANY (BiSH)
攝影師：外林健太（RIM）．妝髮造型師：KEN（RIM）
攝影協力：株式會社WACK．服裝造型師：中根美和子
日本原書裝幀：bookwall